NIGHT WORLD

L. J. Smith

NIGHT WORLD

TOME 6 : ÂMES SŒURS

Traduit de l'anglais (États-Unis)
par Isabelle Saint-Martin

Michel Lafon

Déjà parus

Night World, tome 1 : *Le secret du vampire*
Night World, tome 2 : *Les sœurs des ténèbres*
Night World, tome 3 : *Ensorceleuse*
Night World, tome 4 : *Ange noir*
Night World, tome 5 : *L'élue*

À paraître

Night World, tome 7 : *La chasseresse*

Titre original :
Soulmate

7-13, boulevard Paul-Émile-Victor – Île de la Jatte
92521 Neuilly-sur-Seine Cedex
www.michel-lafon.com

NIGHT WORLD

JAMAIS IL N'A ÉTÉ AUSSI DANGEREUX D'AIMER

Le Night World ne se limite pas à un endroit précis. Il nous entoure. Aux yeux des humains, les créatures du Night World sont belles, mortelles et irrésistibles. Un ami proche pourrait en faire partie – la personne que vous aimez aussi.

Les lois du Night World sont très claires : sous aucun prétexte son existence ne doit être révélée à qui que ce soit d'extérieur. Et ses membres ne doivent pas tomber amoureux d'un individu de la race humaine. Sous peine de conséquences terrifiantes.

Voici le récit de ce qui arrive à ceux qui enfreignent ces lois.

1

Les loups-garous jaillirent dans le cabinet du psychologue qui recevait Hannah Snow.

Elle avait toutes les raisons du monde de se trouver là.

– Je crois que je deviens folle, avait-elle expliqué en s'asseyant.

– Qu'est-ce qui vous fait penser ça ? avait demandé le psy d'un ton neutre.

Hannah avait alors dégluti.

Il s'agissait d'aller à l'essentiel. D'oublier cette impression paranoïaque d'être suivie, cette impression ultra paranoïaque d'être menacée de mort, au point de se réveiller la nuit en hurlant. D'aborder d'emblée l'aspect le plus bizarre de la question.

– J'écris des choses, laissa-t-elle tomber.

– Des choses.

Le thérapeute hocha la tête en se tapotant la

bouche de son crayon, laissa passer un silence avant de demander :

– Euh... Et ça vous chagrine ?

– Oui.

Elle se hâta d'ajouter :

– Tout allait si bien ! Vous voyez, je menais une vie parfaite. Je suis en terminale au lycée de Sacajawea, j'ai plein d'amis, de bonnes notes, et même une bourse pour l'université d'Utah, l'année prochaine. Et voilà que tout s'écroule... à cause de moi. Je deviens folle.

– Parce que vous écrivez des choses ? demanda le psychologue éberlué. Euh... des lettres anonymes, des commentaires sur tout ce que vous pensez ?

– Des trucs comme ça.

Elle abandonna sur le bureau une poignée de papiers chiffonnés et se détourna d'un air morne lorsqu'il se mit à les lire.

Il semblait être un type bien, incroyablement jeune pour un psy. Roux, les yeux bleus, il s'appelait Paul Winfield – « pas docteur, Paul », avait-il dit d'emblée. Apparemment, il avait le sens de l'humour mais aussi un caractère bien affirmé.

Et il m'aime bien. C'était lui qui avait ouvert la porte de la petite maison où se tenait son cabinet. Hannah avait tout de suite perçu la lueur d'estime dans son regard quand il ne voyait encore d'elle qu'une silhouette qui se profilait dans le soleil couchant du Montana.

Alors qu'elle entrait et qu'il découvrait son visage, il s'était empressé de reprendre un air faussement indifférent, mais peu importait. Les gens regardaient souvent Hannah en deux temps, voyant d'abord ses longs cheveux blonds et souples, ses yeux gris clair… pour s'attarder ensuite sur sa tache de naissance.

Rose pâle, elle marquait en diagonale sa pommette gauche, comme une trace de doigt imprégné de fard à joues. Impossible de la faire partir ; deux fois, les médecins s'y étaient attaqués au laser, en vain, elle était chaque fois revenue.

Hannah avait pris l'habitude des coups d'œil appuyés que cela lui valait.

Paul s'éclaircit soudain la gorge, ce qui la fit tressaillir.

– « Morte avant ses dix-sept ans », lut-il en feuilletant les bouts de papier. « Souviens-toi des Trois Rivières – NE JETTE PAS ce message. » « Le cycle peut être brisé. » « On est presque en mai – tu sais ce qu'il se passe à cette époque. »

Il ramassa le dernier :

– Et celui-ci dit seulement : « Il arrive. »

Du plat de la main, il lissa les papiers tout en regardant sa patiente.

– Qu'est-ce que tout ça veut dire ?

– Je ne sais pas.

– Vous ne savez pas ?

– Ce n'est pas moi qui les ai écrits, lâcha-t-elle entre ses dents.

Clignant des paupières, il tapota un peu plus fort son crayon.

– Mais vous avez dit…

– C'est mon écriture, je la reconnais.

Maintenant qu'elle avait commencé, elle n'allait pas s'arrêter en si bon chemin ; les paroles fusaient, se bousculaient.

– Et je les trouve à des endroits où personne d'autre n'aurait pu les mettre… dans mon tiroir à chaussettes, à l'intérieur de ma taie d'oreiller. Ce matin, en me réveillant, je serrais le dernier dans la main. Pourtant, ce n'est pas moi qui les écris.

Paul brandit triomphalement son crayon.

– Je vois. Vous ne vous rappelez pas les avoir écrits.

– Non, parce que ce n'est pas moi. Jamais je n'écrirais des choses pareilles. Ça ne rime à rien.

– Tout de même, dit-il. « On est presque en mai – tu sais ce qu'il se passe à cette époque. »

– Le 1er mai, c'est mon anniversaire.

– C'est dans une semaine, je crois ? Une semaine et un jour. Et vous aurez… ?

– Dix-sept ans, soupira-t-elle.

Le psychologue reprit un message. Elle n'eut pas besoin de lui demander lequel.

« Morte avant ses dix-sept ans. »

– Vous êtes jeune pour être en terminale, observa-t-il.

– Oui. Quand j'étais petite, ma mère me gardait à la maison ; c'est elle qui m'a appris à lire. J'ai commencé l'école en primaire, sans passer par la maternelle.

Paul hocha la tête et elle devina qu'il pensait : *élève surdouée.*

– Avez-vous jamais...

Il marqua délicatement une pause avant de terminer :

– ... songé au suicide ?

– Non. Jamais. Je ne ferais pas une chose pareille.

Fronçant les sourcils, il se mit à prendre des notes. Durant le long silence qui s'ensuivit, Hannah regarda autour d'elle.

Ce cabinet ressemblait à tous les cabinets de psychologues. Par ici, au beau milieu du Montana, chaque ranch se tenait à des kilomètres du voisin, les villes se faisaient rares, très éloignées les unes des autres. De même que les psychologues. Ce qui expliquait la présence d'Hannah. Elle n'avait trouvé que Paul Winfield dans la région.

Les murs étaient tapissés de diplômes et les étagères, emplies de livres et autres bibelots. Un éléphant de bois sculpté. Une plante à demi morte de soif. Une photo dans un cadre argenté. Il y avait même une sorte de divan, qui faisait terriblement « psy ». *Je ne vais pas m'allonger dessus, quand même !*

Dans un bruit de froissement, Paul repoussa les papiers et demanda doucement :

– Avez-vous l'impression que quelqu'un veut s'en prendre à vous ?

Hannah ferma les yeux.

Bien sûr, elle sentait qu'on voulait s'en prendre à elle. N'était-ce pas la définition première de la paranoïa ? Cela ne prouvait-il pas qu'elle était folle ?

– Parfois, j'ai l'impression d'être suivie, finit-elle par murmurer.

– Par... ?

– Je ne sais pas.

Rouvrant les paupières, elle ajouta :

– Quelque chose de bizarre, de surnaturel, lancé à ma recherche. Et je fais des rêves sur l'apocalypse.

– L'apoc...

– La fin du monde. Enfin, on dirait. Une gigantesque bataille qui va bientôt se produire, la dernière bataille. Entre les forces du...

Il ne pouvait s'empêcher de la dévisager, au point qu'elle dut détourner les yeux.

– Entre le bien... et le mal...

Elle avait tendu une main, et puis l'autre, mais en les voyant trembler, elle préféra les poser sur ses genoux.

– Alors je suis folle, c'est ça ?

– Non, non, non.

Cessant de jouer avec le crayon, il tapota sa poche.

– Vous n'auriez pas une cigarette ?

Comme elle lui opposait un regard incrédule, il conclut :

– Non, bien sûr. Qu'est-ce que je raconte ? C'est une habitude déplorable. J'ai arrêté la semaine dernière.

Hannah ouvrit la bouche, la referma, avant de reprendre lentement :

– Écoutez, docteur... pardon, Paul. Je suis ici parce que je ne veux pas devenir folle. Je veux me retrouver. Je veux réussir mon année, obtenir mon diplôme et passer un super été à faire du cheval avec ma meilleure amie, Chess. Et l'année prochaine, je veux aller en Utah pour y étudier les restes des dinosaures et, qui sait, peut-être même trouver des traces d'un nid d'hadrosaure. Je veux que ma vie redevienne comme avant. Mais si vous ne pouvez pas m'aider...

Elle s'arrêta dans une sorte de sanglot, elle qui ne pleurait pour ainsi dire jamais parce qu'elle considérait cela comme la pire des faiblesses. Cependant, cette fois, elle ne put retenir les larmes tièdes qui se répandirent sur ses joues et son menton. Vexée, elle les essuya d'un geste tandis que Paul cherchait des yeux une boîte de mouchoirs. Elle renifla.

Il s'approcha d'elle, la fixant de ses yeux bleus presque enfantins, essayant de lui étreindre la main.

– C'est terrible, Hannah. Je compatis. Mais je vais vous aider, c'est sûr. Ensemble, nous viendrons à bout de cette épreuve. Vous verrez, cet été, vous serez admise à l'université d'Utah et pourrez chevaucher des hadrosaures comme chaque année.

Il sourit pour montrer qu'il plaisantait.

– Et vous aurez oublié tout le reste.

– Vous croyez ?

Il fit oui de la tête, avant de soudain prendre conscience qu'il était là, debout, à tenir la main d'une patiente : attitude fort peu professionnelle qu'il se hâta de corriger.

– Vous avez sans doute deviné que vous êtes quasiment ma première patiente. Ce qui ne me rend pas incompétent pour autant, je suis sorti parmi les dix premiers de ma promotion. Bien. Maintenant...

Après avoir tapoté sa poche, il en ressortit le crayon qu'il fourra dans sa bouche, et retourna s'asseoir.

– Commençons par la première fois où vous vous êtes souvenue avoir fait ce genre de rêve. Quand...

Quelque part dans la maison un carillon retentit. La sonnette de l'entrée.

Paul en parut tout déconfit.

– Qui peut bien...

Après un rapide coup d'œil vers la pendule, il ne sut que secouer la tête.

– Excusez-moi, j'en ai pour une minute. Installez-vous confortablement, je reviens.

– Ne répondez pas, dit Hannah.

Elle ignorait pourquoi elle avait dit ça, mais cette sonnette l'avait fait frémir des pieds à la tête, la laissant le cœur battant.

D'abord surpris, Paul finit par lui décocher un sourire rassurant.

– Je ne crois pas que ce soit encore l'apocalypse, Hannah. Nous reparlerons de tout ça dès mon retour.

En quittant la pièce, il lui effleura l'épaule.

Elle ne put s'empêcher d'écouter. Certes, il avait raison, rien ne venait les menacer à la porte. Elle devenait folle.

Adossée aux coussins du divan, elle regarda autour d'elle en essayant de se détendre.

C'est dans ma tête. Ce psy va m'aider...

À cet instant, la fenêtre du cabinet explosa.

2

Hannah s'était relevée d'un bond, la conscience en miettes, incapable de capter autre chose que des bribes d'explication car elle n'arrivait pas à saisir la situation. C'était trop bizarre.

Elle avait d'abord cru à une bombe, tant l'explosion avait été forte. Et puis elle s'était rendu compte qu'un objet avait traversé les carreaux pour se retrouver maintenant dans la pièce, à côté d'elle, au milieu des éclats de verre.

Pourtant, elle ne parvenait pas à définir ce dont il s'agissait, tant tout était incongru ; son esprit refusait d'en identifier la forme. Quelque chose d'énorme, d'obscur, un corps de chien, semblait-il, mais plus haut sur pattes. Aux yeux jaunes.

Et puis, comme si soudain sa vision s'adaptait, elle le distingua clairement.

Un loup. Il y avait un grand loup noir dans la pièce, avec elle.

Un animal magnifique, élancé, musclé, à la fourrure couleur d'ébène, une bande blanche sur la gorge, comme un éclair. Il la regardait fixement, avec une expression presque humaine.

Échappé de Yellowstone, à n'en pas douter. Les naturalistes tentaient de réintroduire les loups dans le parc. Il ne pouvait pas être sauvage ; l'arrière-grand-père de Ryan Harden s'était vanté des années durant d'avoir tué le dernier loup du comté d'Amador quand il était encore gamin.

De toute façon, se dit-elle, *les loups n'attaquent pas les humains.* Un loup solitaire n'attaquerait jamais une adolescente.

En même temps, une impression plus obscure la faisait reculer lentement, sans jamais quitter l'animal du regard, jusqu'au moment où elle sentit la bibliothèque dans son dos.

Il faut que tu prennes quelque chose, lui murmurait une petite voix. Non pas la voix de quelqu'un d'autre, quoique ce ne soit pas non plus celle qu'elle entendait habituellement dans son esprit. C'était un timbre qui tenait plutôt du vent d'hiver : glacial, impersonnel. *Une chose que tu as vue tout à l'heure sur une étagère.*

Dans un mouvement d'une grâce inouïe, le loup fit un bond de trois mètres.

Pas le temps d'avoir peur devant cette flèche touffue qui fondait sur elle et la projetait contre la bibliothèque. Ce fut alors une débâcle de livres et de bibelots volant en tous sens. Elle tâcha de retrouver son équilibre, virevolta pour échapper à cette effrayante créature qui semblait ricocher autour d'elle.

Le plus étrange était qu'elle parvint à esquiver la masse du loup qui avait voulu l'écraser au sol. Elle s'était juste fiée à son corps, à croire qu'il savait d'instinct comment réagir.

Pourtant, je ne sais rien. Je ne me suis jamais battue… encore moins entraînée à danser avec un loup…

En même temps, ses mouvements ralentissaient ; soudain, elle ne se sentit plus du tout sûre d'elle, plus du tout agile. Éperdue.

Et le loup parut comprendre ; une menaçante lueur jaune traversa ses yeux, ce regard étrange, plus sauvage que tout ce qu'elle avait vu chez un animal. La tête dans le cou, il se tapit sur lui-même.

Écarte-toi… vite ! ordonna la mystérieuse petite voix en elle.

Hannah s'écarta. Le loup heurta les rayonnages avec une telle violence qu'il les fit dégringoler ; elle les évita de justesse et la bibliothèque tomba au sol dans un fracas inouï, bloquant l'entrée de la pièce.

Je suis prise au piège, conclut la petite voix glaciale. Plus d'autre issue que la fenêtre.

– Hannah ? Hannah ? criait Paul de l'autre côté de la porte.

Celle-ci s'ouvrit d'une petite dizaine de centimètres avant d'être bloquée par la bibliothèque renversée.

Ne pense pas à lui, ordonna sèchement la petite voix. Cependant, Hannah ne pouvait s'en empêcher, tant il semblait affolé. Déconcentrée, elle allait lui hurler de ne pas bouger lorsque le loup bondit.

Cette fois, elle ne réagit pas assez vite. Un poids monstrueux lui tomba dessus, elle s'écroula et se cogna la tête contre une étagère.

Douloureux.

Autour d'elle, tout parut grisonner, se brouiller. Seule demeurait la souffrance, stridente, d'où émergeait une impression bizarre : *Je suis morte. C'est encore fini. Déesse de la Vie, guide-moi vers l'autre monde...*

– Hannah ! Hannah ! Qu'est-ce qui se passe ici ? criait Paul dans le lointain.

D'un seul coup, elle crut sa vision revenue et ses idées bizarres s'évanouirent. Elle ne tombait plus dans un vide strident, elle n'était pas morte, juste allongée au sol, un coin de livre coincé sous les reins, un loup sur sa poitrine.

Malgré sa terreur, elle éprouvait une étrange fascination. Jamais elle n'avait vu un animal sauvage d'aussi près, au point de distinguer les jarres à pointe blanche hérissés sur la gueule et le cou, la salive qui mouillait la langue pendante. Elle sentait son haleine – humide et chaude, vaguement canine et âcre.

Elle ne pouvait pas bouger. Étalé sur elle, le fauve couvrait à peu près tout son corps et pesait trop lourd pour lui permettre de remuer. Elle ne pouvait que rester là, immobile, tremblante, tandis que l'étroit museau se rapprochait de son visage.

Ses paupières se fermèrent malgré elle en sentant courir le souffle humide qui s'abaissa ensuite sur son nez, sur ses joues. Ce n'était pas un geste affectueux. Le loup flairait les mèches éparpillées sur son visage et semblait les en écarter.

Mon Dieu, faites que ça s'arrête ! Mais elle seule le pouvait – et elle ignorait comment s'y prendre.

À présent, la truffe effleurait sa pommette et reniflait bruyamment dans son oreille, comme s'il la humait, la goûtait tout en la regardant.

Non. Ce n'est pas moi qu'il regarde. C'est ma tache de naissance.

Encore une pensée invraisemblable, soufflée par la petite voix – elle s'installa pourtant en elle telle l'ultime pièce d'un puzzle. Tout irrationnelle qu'elle paraisse, Hannah était certaine que cela correspondait à la réalité. D'ailleurs, la petite voix glaciale ne disait pas autre chose :

Cherche. Regarde autour de toi. L'arme ne doit pas se trouver bien loin. Tu l'as vue sur l'étagère. Trouve-la.

Apparemment satisfait, le loup cessa son exploration, leva la tête… et rit. Aux éclats. Jamais Hannah n'avait rien vu de plus sinistre, de plus effrayant que cette gueule béante, haletante, ces crocs qui jaillissaient, ces yeux jaunes qui brillaient d'une joie bestiale.

Vite, vite !

Si elle ne pouvait détacher son regard des crocs à vingt centimètres d'elle, ses doigts qui tâtonnaient le long du plancher de pin, tâtèrent des livres, la douceur duveteuse d'une fougère… et finirent par se fermer sur un objet dur et froid.

Le loup ne parut pas s'en apercevoir ; les babines frémissantes, le front plissé, il ne riait plus du tout, il émettait plutôt un sourd grondement semblant provenir de tout son corps.

Un son d'une totale sauvagerie.

Cependant, la petite voix glaciale s'était totalement emparée de l'esprit d'Hannah et lui disait ce qu'il allait arriver : le loup allait planter ses crocs dans sa gorge, la secouer en lui déchirant la peau et lui arrachant les muscles. Son sang allait jaillir comme d'une fontaine, lui emplir la trachée, les poumons et la bouche. Elle mourrait étouffée peut-être même avant de se vider de son sang.

Sauf... sauf qu'elle tenait à la main un cadre d'argent.

Tue-le, murmurait la voix. *Tu détiens l'arme idéale. Frappe-le dans l'œil avec un coin. Enfonce-lui l'argent dans le cerveau.*

En temps normal, Hannah n'aurait même pas compris comment un cadre pouvait servir d'arme, mais là, elle ne se posa pas la question. Dans le lointain s'éleva une autre petite voix, pas davantage la sienne que la voix glaciale ; celle-ci était cristalline, scintillante de mille feux.

– *Tu n'es pas une meurtrière, tu ne tues pas. Tu n'as jamais tué, malgré tout ce qu'il a pu t'arriver. Tu ne tues pas.*

– *Je ne tue pas.*

– *Alors tu vas mourir,* intervint brutalement la voix glaciale. *Parce que cet animal ne s'arrêtera que lorsque l'un de vous deux sera mort, lui ou toi. Il n'existe pas d'autre réaction possible avec ce genre de créature.*

D'un seul coup, la gueule s'ouvrit sur sa gorge.

Sans plus réfléchir, Hannah brandit le cadre... qu'elle planta dans la tête du loup.

Non pas dans l'œil. Dans l'oreille.

Elle ressentit l'impact – métal dur contre chair molle. L'animal poussa un glapissement et chancela en se frottant le museau d'une patte. Un court instant, il libéra Hannah de son emprise. Elle n'en demandait pas plus.

Instinctivement, elle roula sur le côté et se releva. Sans lâcher le cadre d'argent.

Allez, cherche ! La bibliothèque – non, tu ne peux pas la soulever. La fenêtre ! Cours vers la fenêtre.

Mais le loup semblait déjà se reprendre. Voyant Hannah se diriger vers la fenêtre, il jaillit pour lui barrer le passage, le poil hérissé, les babines retroussées, les oreilles dressées, le regard brillant de haine.

– *Il va m'attaquer. Mais je ne peux pas tuer.*

– *Tu n'as pas le choix.*

Le loup bondit.

Mais n'arriva pas sur elle, intercepté par une chose venue de la fenêtre. Cette fois, Hannah identifia sans peine la créature. Un autre loup. *Je n'y crois pas !*

Celui-là était brun-gris, plus petit que le noir et pas aussi impressionnant avec ses membres étonnamment frêles, marqués de tendons comme ceux d'un cheval de course.

Une femelle, décréta une petite voix lointaine dans l'esprit d'Hannah.

Les deux loups avaient recouvré leur équilibre et se faisaient face, hirsutes et frémissants. L'odeur de la pièce évoquait plutôt un zoo.

Là, je vais vraiment mourir, songea Hannah. *Je vais être mise en pièces par deux loups.* Elle serrait toujours le cadre tout en sachant qu'elle ne pourrait pas se défendre contre les deux à la fois. Ils allaient s'affronter sur son cadavre pour en manger les meilleurs morceaux.

Son cœur battait si fort qu'elle fut prise de violents spasmes et ses oreilles se mirent à siffler. La femelle la dévisageait d'un regard plus ambré que jaune ; fascinée, Hannah ne sut que reculer en attendant l'attaque.

La louve semblait surtout s'intéresser à sa joue gauche, à sa tache de naissance. Lui tournant soudain le dos, elle fit face au mâle en grondant.

Elle me protège, songea Hannah stupéfaite. Incroyable – mais que croire au point où elle en était ? Elle était sortie de sa vie normale pour se retrouver dans une sorte de conte de fées habité par des loups quasi humains, elle ne pouvait que traiter chaque événement à mesure qu'il se produisait.

Ils vont se battre, dit la petite voix glaciale. *Dès que ça commencera, cours vers la fenêtre.*

À cet instant, ce fut le chaos. La louve grise venait de se jeter sur le loup noir dans un concert de grognements et de claquements de crocs.

Impossible de dire lequel allait l'emporter de ces deux corps rageurs qui s'enlaçaient, se mordaient, se débattaient. Jamais Hannah n'avait assisté à un spectacle aussi terrifiant, aussi féroce.

Soudain retentit un cri de douleur. Le sang jaillit sur la fourrure de la louve.

– *Elle est trop petite, trop légère. Elle n'a aucune chance.*

– *Aide-la,* murmura la voix cristalline.

Suggestion insensée. Hannah ne pouvait tout de même pas se jeter dans la mêlée. Cependant, elle s'approcha, pour se placer derrière la louve, sans trop savoir ce qu'elle allait faire ensuite. Comment prendre la défense d'un fauve contre un autre fauve, en brandissant seulement son cadre d'argent ?

Le loup noir recula, la regarda.

Et tout s'immobilisa, les trois protagonistes à bout de souffle, paralysés au milieu du cabinet en pagaille, le loup noir d'un côté, les yeux étincelants de rage, la louve grise de l'autre, marquée du sang de ses blessures, Hannah juste derrière elle, serrant son cadre d'une main tremblante.

Et plus d'autre bruit qu'un double grognement.

Jusqu'à ce qu'une détonation retentisse.

Un coup de feu.

Le loup noir tressaillit en gémissant.

Concentrée depuis un long moment sur ce qui se passait à l'intérieur de la pièce, Hannah se rappela soudain qu'il existait une vie à l'extérieur. Elle s'était à peine rendu compte que les appels de Paul avaient cessé.

Maintenant qu'un flot d'adrénaline la réveillait, elle l'entendait de nouveau.

– Hannah, sortez du champ !

Ordre lancé d'un ton aussi impérieux qu'effrayé. Il provenait du fond de la pièce, de l'obscurité de la fenêtre.

Paul se tenait derrière la vitre brisée, armé d'un pistolet : le visage blême, la main tremblante, il visait les loups.

– Écartez-vous !

Tout en s'interposant devant eux, Hannah s'entendit répondre :

– Ne tirez pas ! Ne touchez pas le gris !

– Toucher le gris ? s'esclaffa-t-il d'un rire hystérique. Comme si je savais ce que j'allais toucher ou pas ! C'est la première fois que je tiens une arme. Alors... éloignez-vous le plus possible !

– Non !

Elle se dirigea vers lui, un bras tendu.

– Moi, j'ai l'habitude. Donnez-le-moi...

– Écartez-vous !

Le coup partit.

Elle crut voir passer la balle et se demanda un instant si elle n'était pas touchée. Mais ce fut le loup noir qui recula en titubant, le cou ensanglanté.

– *L'acier ne le tuera pas,* siffla la voix glaciale. *Vous ne faites que l'énerver un peu plus...*

Le regard ardent du loup noir passait d'Hannah, armée de son cadre d'argent, à Paul avec son pistolet, puis à la louve qui montrait les crocs avec suffisance.

– Encore un coup..., souffla Paul, pendant que je le tiens...

Les oreilles aplaties, le fauve se tourna vers l'autre fenêtre du cabinet et se jeta d'un bond contre la vitre intacte qu'il explosa de tout son poids en la traversant. Les éclats de verre jaillirent dans toute la pièce, les rideaux parurent aspirés par l'air froid du dehors avant de revenir, comme soufflés par le vent.

Hannah se tourna vers la louve qui la fixait de ses yeux d'ambre, tellement humains... l'air de dévisager une sœur ou une amie ; soudain, l'animal fit volte-face et passa à son tour par le trou que venait d'ouvrir son prédécesseur.

Au-dehors monta un long hurlement de colère et de menace qui diminua en s'éloignant.

Et puis ce fut le silence.

Hannah ferma les yeux.

Les jambes flageolantes, elle parvint cependant à rejoindre la fenêtre en écrasant des morceaux de verre sous ses pas.

La lune brillait dans le ciel, éclairant une silhouette qui s'éloignait dans la prairie... à moins qu'Hannah n'ait fait que l'imaginer.

Elle poussa un lourd soupir en s'adossant à l'encadrement, laissa tomber le cadre d'argent.

– Vous n'êtes pas blessée ? Ça va ? demanda Paul en escaladant l'autre fenêtre.

Il se précipita sur elle, la prit par les épaules comme pour l'examiner.

– Ça va, assura-t-elle un peu étourdie.

– Euh... Vous avez une attirance particulière pour les loups gris ou quoi ?

Elle fit non de la tête. Comment pourrait-elle jamais expliquer cela ?

Tous deux se regardèrent un moment et, d'un seul coup, se laissèrent tomber ensemble au sol, le souffle court, parmi les débris de verre.

Blême, hirsute, ébahi, Paul se passa un bras sur le front avant de déposer son pistolet sur le bureau, contemplant d'un air las le chaos qui régnait dans son cabinet, la bibliothèque renversée, les livres et les bibelots éparpillés au sol, les deux fenêtres éclatées, les débris de verre, le trou laissé par la balle, les taches de sang et les touffes de poils.

– Alors, demanda faiblement Hannah, qui était-ce, à la porte ?

– À la porte ? Personne. Un loup, ça ne peut pas donner un coup de sonnette.

– Pardon ?

– Il ne vous est jamais venu à l'idée que vous n'étiez peut-être pas si paranoïaque que ça ? Qu'il pouvait vraiment vous arriver des choses extraordinaires ?

– Très drôle, maugréa-t-elle.

– Je veux dire...

Dans un rire halluciné, il désigna le désordre de la pièce.

– Je veux dire... vous aviez bien annoncé qu'il allait se passer quelque chose... et voilà ! Vous l'aviez vu venir, c'est tout !

Elle fusilla du regard l'homme censé l'aider à retrouver un équilibre.

– Vous rigolez ?

Il en parut presque choqué, comme s'il venait de prononcer une insanité.

– Oh, je ne sais plus… Excusez-moi, ce n'était pas très professionnel de ma part. Mais… voyez-vous, j'aurais presque cru qu'une sorte de secret se cachait au fond de votre cerveau. Quelque chose d'extraordinaire !

Elle ne répondit pas. Elle avait trop de choses à penser à la fois : cette nouvelle partie d'elle-même qui lui soufflait des stratégies, ces loups aux yeux humains, ce cadre d'argent… Elle ignorait totalement à quoi cela rimait, elle ne voulait pas le savoir, juste s'en débarrasser au plus vite et reprendre sa vie normale au lycée de Sacajawea.

Paul s'éclaircit la gorge.

– Il existe sûrement une explication rationnelle à tout ça, mais, en supposant que cela soit vraiment arrivé, je dirais que quelqu'un y avait un intérêt. Et a empêché le pire.

3

L'élégante limousine blanche fendait la nuit tel un félin, conduisant Thierry Descouedres de l'aéroport à sa résidence de Las Vegas ; c'était une vaste demeure, sise parmi les palmiers et les fontaines, aux murs blancs, aux terrasses carrelées, aux pièces ornées d'œuvres d'art et de meubles dignes de musées. Un rêve de luxe et de beauté.

Fermant les yeux, il s'adossa aux coussins écarlates en regrettant de ne pas se trouver ailleurs.

– C'était bien, Hawaii, monsieur ? demanda le chauffeur.

Thierry souleva les paupières. Nilsson était un bon conducteur, discret, sensiblement du même âge que lui, dans les dix-neuf ans, coiffé d'un catogan, les yeux toujours cachés derrière des lunettes noires, même en pleine nuit, comme en ce moment.

– Humide, rétorqua Thierry en regardant par la fenêtre. Très humide.

– Mais vous n'avez pas trouvé ce que vous cherchiez.

– Non. Pas encore.

– C'est dommage, monsieur !

– Merci, Nilsson.

Thierry s'efforçait de ne pas contempler son propre reflet dans la vitre car cela le gênait de voir ce jeune homme aux cheveux blond platine et ce regard si vieux qui le fixait. Il arborait une expression tellement pensive… tellement lasse, éperdue.

Comme s'il ne cessait de contempler quelqu'un qu'il ne pourrait jamais atteindre. Il préféra détourner la tête.

– Tout s'est bien passé durant mon absence ? demanda-t-il en prenant son téléphone portable.

Travailler, toujours travailler, il ne connaissait pas de meilleur remède. S'occuper sans cesse l'esprit afin de ne plus penser à soi-même.

– Très bien, je crois, monsieur. M. James et Mlle Poppy sont rentrés.

– Tant mieux. Ils assureront la prochaine réunion du cercle de l'Aube.

Thierry promenait ses doigts sur le téléphone en se demandant qui appeler, qui aurait le plus besoin de lui.

La sonnerie retentit avant qu'il n'ait pris sa décision.

– Oui ?

– Monsieur ? C'est Lupe. Est-ce que vous m'entendez ?

La voix semblait lointaine, grésillante, cependant Thierry sentait bien le désarroi de son interlocutrice.

– Lupe ? Ça va ?

– Je me suis battue, monsieur. Je suis un peu blessée.

Elle éclata de rire en ajoutant :

– Mais vous auriez dû voir l'autre loup...

Thierry ouvrit un agenda de cuir, sortit un stylo Montblanc.

– Ce n'est pas drôle, Lupe. Il ne faut pas se battre.

– Je sais, monsieur, mais...

– Il faut apprendre à vous maîtriser.

– Je sais, monsieur, mais...

– Dites-moi où vous êtes, je vais vous envoyer chercher, vous faire conduire chez un médecin.

Thierry voulut écrire sur son carnet mais l'encre ne sortit pas. Surpris, il en contempla la pointe.

– Tu me coûtes huit cents dollars et tu n'écris pas !

– Monsieur, vous ne m'écoutez pas. Vous ne comprenez pas. Je l'ai retrouvée.

Thierry interrompit un geste agacé pour ne plus voir que ses longs doigts crispés sur le stylo doré, conscient que cette image allait s'imprimer à jamais dans son esprit.

– Vous avez entendu, monsieur ? Je l'ai retrouvée.

Il finit par répondre d'une voix atone :

– Vous êtes sûre ?

– Certaine, monsieur. Elle porte la marque. Elle se fait appeler Hannah Snow.

Posant une main de fer sur un Nilsson interdit, il lui glissa à l'oreille :

– Vous auriez un crayon ?

– Un crayon ?

– Quelque chose qui écrit. Un instrument pour laisser des traces sur du papier. Vite, parce que si cette communication se coupe, vous êtes viré.

– J'ai un stylo, monsieur, dit-il en sortant un Bic de sa poche.

– Vous venez de doubler votre salaire. Allô, Lupe ? Où êtes-vous ?

– Dans les collines du Montana, monsieur. Près d'une ville appelée Medicine Rock. Mais ce n'est pas tout... l'autre loup, contre lequel je me suis battue... il l'a vue aussi. Mais il a pu s'enfuir.

Thierry laissa échapper un soupir las.

– Ennuyeux.

– Je suis désolée, monsieur, vraiment ! Mais il m'a échappé – et maintenant, j'ai peur qu'il aille la trouver pour lui dire...

– Vous n'y êtes pour rien, Lupe. J'arrive bientôt,

je m'occupe de... tout. Nilsson, il va d'abord falloir passer à la boutique des Harman.

– Les sorcières ?

– Exactement. Conduisez-m'y vite et vous triplerez votre salaire.

En arrivant chez Paul Winfield, le lendemain après-midi, Hannah y trouva la shérif en train de l'aider à clouer des planches sur les fenêtres brisées. Chris Grady ressemblait furieusement à un personnage de western avec ses bottes, son Stetson et sa veste. Il ne lui manquait qu'un cheval.

– Bonjour, Chris ! lança-t-elle.

La jeune femme lui adressa un signe de tête en plissant les yeux au soleil. Elle ôta son chapeau, passa une main dans ses cheveux auburn mi-longs.

– Bonjour, Hannah. Il paraît que vous avez affronté deux loups. J'espère que vous n'avez rien.

Hannah ne parvint pas à s'arracher un sourire.

– Ce devaient être des chiens-loups retournés à l'état sauvage, ou je ne sais quoi. Les vrais loups ne sont pas aussi agressifs.

– Ce n'est pas un chien-loup qui a pu laisser de telles empreintes, observa Chris en désignant les traces ensanglantées sur le dallage.

Cela ressemblait à une patte de chien, avec quatre coussinets et des griffes, mais mesurait plus de quinze centimètres de long, sur douze de large.

– À première vue, ce serait le plus grand loup qu'il y ait jamais eu dans les parages ; il dépasserait le légendaire loup blanc tué dans le coin en 1930 et aurait assez d'audace pour oser casser des carreaux ! Je n'aime pas ça. Méfiez-vous. On vous tiendra au courant si on les attrape.

Paul venait de se taper sur le doigt avec son marteau et le suçait en grimaçant. Chris leur adressa un signe de la tête et regagna sa voiture.

Hannah examina en silence l'empreinte sur le dallage. Tout le monde trouvait la chose insolite, tout le monde sauf elle.

Parce que c'était impossible. *Parce que ça se passe dans ma tête, j'ai donc forcément la solution. Il faut juste que je la trouve. Vite.*

– Merci d'avoir accepté de me recevoir dès maintenant, dit-elle à Paul.

– Oh… souffla-t-il en la précédant vers la maison. Ce n'est rien. Je tiens autant que vous à résoudre cette affaire. De toute façon, je n'ai pas d'autre patient pour le moment.

Hannah le suivit jusque dans son cabinet. Il y faisait sombre à cause des planches qui barraient la lumière.

Elle s'assit au bord du divan.

– Je voudrais juste savoir comment sortir de ce piège. D'ailleurs, je ne comprends pas comment j'ai pu m'y fourrer. C'est quand même bizarre. D'un côté, je suis folle, c'est sûr...

Tout en l'écoutant, Paul s'assit derrière son bureau.

– ... Je fais des rêves de dingue, de fin du monde ou je ne sais quoi, j'ai l'impression d'être suivie et, hier, j'ai commencé à entendre des voix. D'un autre côté, ce n'est pas ma folie qui explique pourquoi des loups sont entrés par la fenêtre.

– Des voix ? murmura Paul. Je comprends, c'est tentant. Cette nuit, quand ces loups me regardaient, j'avais presque envie de croire qu'il y avait quelque chose... enfin, quelque chose de vraiment spécial. Mais là, en plein jour, puisque nous sommes des personnes rationnelles, nous nous devons d'agir rationnellement. À vrai dire, j'ai presque l'impression d'avoir trouvé une explication rationnelle.

Après avoir cherché à maintes reprises un crayon sous ses multiples papiers, il en trouva un qu'il se mit aussitôt à promener entre ses doigts d'un air soulagé.

– Une explication ? demanda Hannah pleine d'espoir.

– Oui. Pour commencer, il est possible que vos prémonitions et tous ces trucs n'aient rien à voir avec les loups. En général, je ne crois pas trop aux coïncidences, mais ça existe. Néanmoins, même si ces deux choses-là ont le moindre rapport, je ne crois pas qu'il faille en tirer une quelconque conclusion à votre sujet. Ce pourrait juste être dû à des perturbations locales – quelque chose qui dérange l'écosystème et rend fous les loups, les pousse à faire Dieu sait quoi aux autres animaux... et, quelque part, vous le sentez. Vous y êtes sensible, comme on peut l'être aux menaces de séismes, aux taches solaires ou aux ions négatifs. Quoi qu'il en soit, cette sensibilité vous porte à croire qu'un terrible désastre va se produire, que la fin du monde arrive ou que vous allez mourir.

Hannah perdait ses belles espérances et cela lui fut encore plus pénible que de ne pas en avoir du tout.

– Ça se pourrait, marmonna-t-elle en essayant de ne pas le vexer. Mais alors, comment expliquer ceci ?

Elle ouvrit le cabas de toile qu'elle avait amené à la place de son sac habituel, en sortit une feuille de papier pliée en deux et la tendit à Paul.

– « Ils vous ont vue, lut-il. Ils vont le lui dire. C'est votre dernière chance de lui échapper. »

Il coinça le crayon entre ses dents.

– Je l'ai trouvé ce matin, expliqua doucement Hannah, enroulé autour de ma brosse à dents.

– C'est votre écriture ?

Fermant les paupières, elle hocha la tête.

– Et vous ne vous rappelez pas l'avoir écrit ?

– Je ne l'ai pas écrit ! Je le sais, affirma-t-elle en soupirant. Ça me fait peur tous ces messages, tout ce qui m'arrive. Je n'y comprends rien et je ne vois pas comment je pourrais y remédier si je ne comprends pas.

Paul réfléchissait en mâchonnant son crayon.

– En tout cas, je crois que votre esprit cherche à vous dire quelque chose. Les rêves sont une preuve concrète. Mais ils n'en disent pas assez. J'aurais bien une suggestion à vous faire, quoique je n'en sois pas adepte, mais on pourrait essayer d'infiltrer directement votre subconscient pour lui demander ce qu'il se passe.

Infiltrer directement son subconscient… Hannah retint son souffle.

– L'hypnose ?

– Encore une fois, je ne suis pas adepte. Il ne s'agit pas de cette espèce de transe magique qu'on voit à la télé ou au cinéma. C'est juste un état d'esprit qui permet de se relaxer au maximum et de se rappeler plus facilement certaines menaces sans s'affoler.

Mais on peut très bien la pratiquer sur soi-même à la maison, en apprenant à bien respirer.

Hannah n'aimait pas cela. Pour elle, l'hypnose, c'était quand même abandonner à un autre le contrôle de sa conscience, qu'il s'agisse de Paul ou même de son propre subconscient.

Mais sinon que faire ? Elle écouta un moment la détresse feutrée de son esprit. Pas un signe de la voix glaciale ni de la voix cristalline – ce qui valait mieux finalement. Néanmoins, cela prouvait qu'elle n'avait pas d'alternative.

– Bon, dit-elle à Paul. Allons-y.

– Très bien.

Il se leva pour prendre un livre sur un coin de son bureau.

– En espérant que je vais me souvenir comment... D'abord, il vaudrait mieux vous allonger sur le divan.

Après une légère hésitation, elle s'exécuta. *Tant qu'à faire, autant mettre toutes les chances de mon côté.* Elle se mit à contempler les poutres du plafond. Malgré son désarroi, elle se sentit presque prise d'un fou rire.

La voilà qui s'allongeait sur un vrai divan de psy, sur le point de se faire hypnotiser. Ses copains du lycée ne songeraient jamais à se lancer dans une analyse – ici, dans le Montana, la folie ne faisait peur à personne. Il fallait bien être un peu excentrique pour vivre dans un pays aussi dur. Ce qui dérangeait en revanche, c'était de reconnaître qu'on ne pouvait pas gérer sa folie, d'y faire trop attention, de demander de l'aide. Pis que tout : de se laisser hypnotiser.

Eux qui me prennent pour la plus indépendante de tous, s'ils me voyaient en ce moment...

– Maintenant vous allez vous détendre et fermer les yeux, dit Paul.

Le livre à la main, il s'appuyait au bord de son bureau, laissant sa jambe se balancer. Il parlait d'un ton paisible, totalement professionnel.

Hannah ferma les yeux.

– Maintenant, vous allez vous imaginer en train de flotter, juste de flotter, et vous allez vous sentir très apaisée. Vous n'avez rien à penser, nulle part où aller. Vous êtes nimbée d'une belle lumière mauve qui baigne tout votre corps et vous permet de vous détendre encore plus...

Le divan s'avérait étonnamment confortable, épousant ses courbes à la perfection sans la déranger pour autant. Facile, dans ces conditions, de se dire qu'on flottait, d'imaginer de la lumière autour de soi.

– Maintenant, vous vous sentez de plus en plus légère... dans un état plus profond de relaxation... et vous êtes entourée d'une lueur bleutée qui vous englobe, brille à travers votre corps et lui permet de se décontracter encore davantage.

La voix apaisante poursuivait son incantation, dessinant autour d'Hannah des vagues de lumière colorée. Bleu sombre, vert émeraude, jaune d'or, orange éclatant. C'était d'une facilité surprenante ; son esprit lui montrait sans peine ces images.

Et les couleurs allaient et venaient, l'aidant à se décontracter davantage, à se sentir tiède et légère. Elle ne percevait plus le divan sous elle. Elle flottait dans la lumière.

– Maintenant, vous distinguez une lumière rouge rubis, très profonde, très reposante. Vous êtes parfaitement calme, à l'aise, en totale sécurité. Rien ne peut vous frapper ; vous pouvez répondre à toutes mes questions sans éprouver la moindre détresse. Vous me comprenez ?

– Oui.

Elle se rendit compte qu'elle avait parlé, pourtant ce ne fut pas exactement comme si elle l'avait dit. Elle n'avait pas prévu de réagir ; c'était comme si quelque chose en elle s'adressait à Paul avec sa propre voix.

Mais cela ne lui faisait pas peur. Elle se sentait toujours détendue, flottant dans la lumière rubis.

– Très bien. Je m'adresse maintenant au subconscient d'Hannah. Vous allez pouvoir vous rappeler des choses que l'esprit éveillé d'Hannah ne connaît pas ou qu'il a carrément refoulées. Vous comprenez ?

– Oui.

Encore une fois, la voix parut réagir avant elle.

– Bien. Alors, j'ai ici ce dernier message, celui que vous avez trouvé autour de votre brosse à dents ce matin. Vous vous en souvenez ?

– Oui. Évidemment.

– Très bien. Maintenant vous allez retourner mentalement au moment où ce message a été rédigé.

Cette fois, Hannah ressentit le besoin de parler :

– Mais comment faire ? Je ne sais pas quand on a écrit ça. Et comme ce n'est pas moi...

Paul l'interrompit d'un ton ferme mais toujours aussi apaisant :

– Laissez-vous juste aller, tranquillement, Hannah. Sentez-vous détendue, de plus en plus détendue, et laissez filer votre conscience. Contentez-vous de retourner à l'instant où ce message a été rédigé. Ne vous souciez pas de savoir comment. Voyez la lumière rubis et dites-vous : « J'y retourne. » D'accord ? À présent, une lumière commence à se former dans votre esprit. Que faites-vous ?

Hannah sentit quelque chose céder en elle et cela lui donna l'impression de tomber dans la lumière rubis ; sa conscience semblait comme suspendue, renvoyée à la périphérie de ses rêves. Rien ne pouvait plus la surprendre.

La voix de Paul insista doucement :

– Que voyez-vous ?

Hannah aperçut une petite image qui paraissait se déployer sous ses yeux.

– Je me vois, murmura-t-elle.

– Où êtes-vous ?

– Je ne sais pas. Attendez, ce doit être dans ma chambre.

Elle était vêtue d'un long habit blanc – une chemise de nuit. En fait, elle se trouvait vraiment dans sa chambre, en chemise de nuit, en même temps que dans le cabinet de Paul, allongée sur son divan. Bizarre...

– Très bien, l'image va devenir de plus en plus claire. Vous allez commencer à voir des choses autour de vous. Détendez-vous, ça vous aidera. Que faites-vous, maintenant ?

Sans rien sentir d'autre qu'une sorte de délassement amusé, mêlé de résignation, Hannah énonça :

– Je rédige un message.

Paul marmonna quelque chose comme un « Aha ! », avant de poursuivre :

– Et pourquoi le rédigez-vous ?

– Je ne sais pas – pour me mettre en garde. Il faut que je me mette en garde.

– À quel sujet ?

Incapable de répondre à cette question, elle secoua seulement la tête.

– Bon… et qu'est-ce qui vous fait rédiger ça ?

– Euh…

Facile. Il s'attendait certainement à ce qu'elle évoque la peur ou l'anxiété. Mais ce qu'elle éprouvait était beaucoup plus fort encore.

– Le désir…

– Je vous demande pardon ?

– Je désire – tellement… je désire…

– Que désirez-vous ?

– Lui.

Cela lui était venu comme un sanglot. Son esprit ordinaire contemplait la scène de loin avec surprise, mais son corps était complètement pris dedans, jusqu'à en souffrir le martyre.

– Je sais que c'est impossible, poursuivit-elle. Pour moi, il représente le danger, la mort. Mais je m'en fiche. Je ne peux pas m'en empêcher…

– Oh là ! Oh là ! Vous êtes toujours détendue et calme, vous pouvez répondre à mes questions. Quelle est la personne qui vous met dans cet état ?

– Celui qui vient. Un être malfaisant, cruel... je le sais bien. Elle me l'a expliqué mille fois. Et je sais qu'il va me tuer. Comme il l'a toujours fait. Mais je le désire.

Elle tremblait. Tout son corps irradiait de chaleur – et elle entendit Paul déglutir. Quelque part, dans son état de conscience exacerbée, elle parvenait à le voir, comme s'il se trouvait partout à la fois. Elle savait bien qu'il était assis là, au bord de son bureau, en train de dévisager d'un air hagard cette jeune femme qui se métamorphosait à vue d'œil devant lui.

Elle savait qu'il voyait son visage blême, illuminé de chaleur, qu'il entendait son souffle haletant, qu'il percevait les tremblements de ses membres. Et qu'il en éprouvait une sourde frayeur.

– Bon sang ! souffla-t-il en cherchant son crayon. D'accord, je dois le reconnaître, je suis perdu. Reprenons dès le début. Vous sentez que quelqu'un vous en veut et qu'il a déjà tenté de vous tuer ? Un ancien petit ami qui vous harcèlerait, peut-être ?

– Non, il n'a pas tenté de me tuer. Il m'a tuée.

Paul mordit son crayon.

– Il vous a tuée. J'aurais mieux fait de ne pas nous lancer là-dedans... De toute façon, je suis contre l'hypnose.

– Et il va recommencer. Je mourrai avant mon dix-septième anniversaire. C'est ma punition, ça m'apprendra à l'aimer. C'est toujours comme ça.

– Très bien. D'accord, essayons les questions fondamentales... Est-ce que ce mystérieux personnage porte un nom ?

Hannah leva une main, la laissa retomber.

– Quand ? murmura-t-elle.

– Quoi ?

– Quand ?

– Quand quoi ? Quoi ? grommela Paul. Laissez tomber...

– Il porte plusieurs noms, selon les époques. Des centaines. Pour moi, c'est Thierry. Thierry Descouedres. Parce que c'est celui qu'il a utilisé dans ses deux dernières vies.

Un long silence s'ensuivit avant que Paul n'insiste :

– Ces deux dernières... ?

– Vies. C'est peut-être encore son nom maintenant. La dernière fois que je l'ai vu, il a dit qu'il ne voulait plus en changer, ni se cacher.

– Mon Dieu !

Paul se leva, s'approcha de la fenêtre, la tête dans les mains, avant de se retourner vers Hannah.

– Nous parlons bien de... non, dites-moi plutôt que nous ne parlons pas de...

Il marqua une pause avant de reprendre d'une voix étouffée :

– Du R majuscule ? Vous savez... Comme Réincarnation ?

Long silence.

Et puis Hannah s'entendit répondre d'un ton impavide :

– Il ne s'est jamais réincarné.

Paul laissa échapper un soupir de soulagement.

– Dieu merci ! Vous m'avez fait peur une minute.

– Il a toujours été vivant. Il n'est pas humain.

4

Thierry s'agenouilla devant la fenêtre, en prenant garde de n'émettre aucun bruit ni de faire crisser la terre sous son poids. C'était un talent tellement familier à son corps qu'il devait être inné. L'obscurité constituait son environnement naturel ; il pouvait se fondre dans l'ombre à volonté, se déplacer plus souplement qu'un félin en chasse. Mais, pour le moment, il regardait ce qu'il se passait dans la lumière.

Il la voyait, ou plutôt n'apercevait que la courbe de son épaule, la masse de ses cheveux. Mais il savait que c'était elle.

À côté de lui, Lupe se tapissait au sol ; son corps mince était humain mais frémissait comme celui d'un animal à l'affût. Elle souffla :

– C'est bon ?

Thierry tourna les yeux vers son visage à l'œil poché, presque fermé, à la lèvre fendue. Pourtant, elle souriait. Elle avait patienté à Medicine Rock jusqu'à l'arrivée de son maître, tout en veillant sur la fille nommée Hannah Snow.

Thierry lui prit la main et la baisa.

– *Vous êtes un ange.*

Il fit encore moins de bruit qu'elle car il n'utilisait pas le moins du monde ses cordes vocales mais sa voix télépathique.

– *Et vous méritez de longues vacances. Ma voiture est restée à la station balnéaire de Clearwater ; prenez-la pour vous rendre à l'aéroport de Billings.*

– Mais… vous ne comptez tout de même pas rester ici tout seul ? Il vous faut des renforts, monsieur. Si elle arrive…

– *Je sais me défendre. J'ai apporté de quoi défendre Hannah. Et puis, elle ne fera rien avant de m'avoir parlé.*

– Mais…

– *Allez-y, Lupe.*

Il gardait un ton aimable mais plus vraiment amical ; c'était le suzerain qui donnait un ordre, le seigneur Thierry du Night World, habitué à être obéi. *Étrange,* songea-t-il, *comme on trouve tout naturel d'être obéi au doigt et à l'œil, jusqu'au jour où quelqu'un vous défie.* Il se détourna de Lupe pour regarder de nouveau par les fentes des planches qui obstruaient la fenêtre.

Il en oublia l'existence de Lupe. La fille sur le divan s'était retournée et il distinguait maintenant son visage.

Il en éprouva un choc.

Il avait beau savoir que c'était elle, il ne s'attendait pas à la voir si... ressemblante. La même que la première fois qu'il l'avait vue, dès sa première vie. C'était le souvenir qu'il gardait de son vrai visage et, bien qu'il en ait aperçu de nombreuses approximations depuis, il ne l'avait jamais revu. Jusque-là.

Le portrait exact de la fille dont il était tombé amoureux.

Ces mêmes longs cheveux blonds comme les blés, soyeux, éparpillés sur ses épaules, ces mêmes grands yeux gris pleins de lumière, cette même expression tranquille, cette bouche tendre à la lèvre inférieure en retrait qui lui donnait une petite touche involontairement sensuelle, ces mêmes pommettes saillantes et ce gracieux ovale qui en faisaient un rêve de sculpteur.

La seule différence restait la tache de naissance.

La marque des télépathes.

Couleur d'eau mêlée de vin, de tourmaline rose, la plus pâle des pierres précieuses. Tel un large pétale, en biais sous la pommette. Comme si elle avait tenu contre sa joue une fleur qui avait laissé son empreinte sur sa chair.

Aux yeux de Thierry, c'était magnifique, parce que cela faisait partie d'elle. Elle l'avait arborée dans chacune de ses vies après la première ; en même temps, cela lui serrait la gorge et il s'en voulait encore. Cette tache représentait sa honte, son châtiment. Il était condamné à la voir la porter dans toute son innocence et à jamais.

Il répandrait son propre sang sur la terre inculte du Montana si cela pouvait laver cette tache. Mais rien, ni dans le Night World, ni dans le monde des humains, ne pourrait jamais l'effacer – du moins à sa connaissance, malgré d'innombrables années de recherche.

Par la Déesse, il l'aimait tant !

Voilà si longtemps qu'il s'interdisait d'y songer – ce sentiment pouvait le rendre fou tant qu'il était loin d'elle. Il en avait chaque fois le cœur battant, les jambes flageolantes. Alors en la voyant là, bien vivante, séparée de lui par quelques minces planches et un humain tout aussi mince...

Il la désirait. Il avait envie d'arracher les planches, d'escalader la fenêtre, d'écarter l'homme aux cheveux roux et de la prendre dans ses bras, de l'emporter dans la nuit, serrée contre son cœur, de la conduire dans un refuge secret où nul ne viendrait jamais la trouver pour lui faire du mal.

Il n'en fit rien. Il savait... d'expérience... que cela ne marchait pas. Il l'avait fait une fois ou deux et l'avait payé cher. Elle l'en avait haï avant de mourir.

Jamais plus il ne prendrait un tel risque.

Maintenant, en cette nuit de printemps au nord des États-Unis d'Amérique, Thierry ne pouvait rien faire d'autre que rester à genoux, derrière une fenêtre, à observer la nouvelle incarnation de son seul amour.

Jusque-là, cependant, il ne s'était pas rendu compte de ce qu'était en train de faire son seul amour. Lupe lui avait dit qu'Hannah Snow voyait un psychologue. Mais tout d'un coup, en les observant, Thierry comprit exactement ce qui se passait dans la pièce.

Ils essayaient de raviver ses souvenirs. Par l'hypnose. En forçant son subconscient comme s'ils s'attaquaient au coffre-fort d'une banque.

C'était dangereux.

Non seulement parce que ce thérapeute ne paraissait pas vraiment savoir comment s'y prendre, mais aussi parce que les souvenirs d'Hannah constituaient une bombe à retardement, pleine de traumatismes pour elle et de savoirs mortels pour les humains.

Il ne fallait pas les laisser continuer.

Les muscles tendus, Thierry se rappela qu'il lui était impossible d'intervenir. Il ne pouvait qu'écouter – et attendre.

Paul répéta d'un ton résigné :

– Il n'est pas humain.

– Non, murmura Hannah. C'est un seigneur du Night World. Il est puissant... et maléfique. C'est moi qui me réincarne.

– Génial ! Quelle pirouette !

– Vous ne me croyez pas ?

D'un seul coup, il parut se rappeler qu'il parlait à une patiente, qui plus est, hypnotisée.

– Non, je... je veux dire... je ne sais pas que croire. Si c'est une invention, il y a forcément quelque chose dessous, une raison psychologique qui vous pousse à bâtir ce genre d'histoire. Et c'est ce qui nous intéresse. Ce que ça signifie pour vous.

Il hésita avant de reprendre avec détermination :

– Nous allons vous ramener à la première fois où vous avez vu cette personne. Commencez par vous détendre dans la lumière ; vous vous sentez très bien. Vous remontez le temps, comme si vous tourniez à l'envers les pages d'un livre. Mentalement, revenez...

L'esprit ordinaire d'Hannah reprit sa place, s'éveilla en surmontant les rêves à travers lesquels elle avait répondu aux questions de Paul.

– Attendez... je ne sais pas si on devrait faire ça.

– On ne le saura que lorsqu'on aura découvert ce que ça symbolise ; ce que ça signifie pour vous.

Sans s'avouer vraiment convaincue, elle sentait qu'il ne saurait être question de discuter sous hypnose. *Et puis, ça n'a pas grande importance. Je me réveille maintenant ; je ne pourrai sans doute pas revenir en arrière.*

– Vous allez vous revoir à quinze ans, revenez à cette époque, remontez encore, à douze ans ; retournez dans votre esprit de douze ans. Maintenant, remontez encore, vous vous voyez à neuf ans, puis à six et à trois ans. Continuez, jusqu'à vous retrouver bébé, nourrisson. Vous vous sentez bien, vous venez de naître...

Hannah ne pouvait s'empêcher d'écouter. Elle se sentait effectivement bien parmi les multiples images qui défilaient à reculons tandis qu'elle-même rapetissait, pour se retrouver minuscule et chauve.

– Maintenant, continuait la voix irrésistible, vous allez remonter encore plus loin, avant votre naissance en tant qu'Hannah Snow. Vous flottez dans la lumière rouge, vous vous sentez très détendue et vous reculez, reculez… jusqu'à l'époque où vous avez rencontré celui que vous appelez Thierry, quelle que soit cette époque. Retournez à la première fois.

Hannah se sentait entraînée dans un tunnel.

Elle avait perdu tout contrôle et cela lui faisait peur. Ce n'était pas comme dans un tunnel d'expérience de mort imminente. Celui-là était rouge, fermé par des murailles transparentes, brillantes, palpitantes. Et elle était aspirée à travers, à une vitesse grandissante.

Non, se dit-elle. Mais elle ne pouvait rien exprimer. Tout se passait trop vite et elle ne parvenait plus à émettre un son.

– Retournez à la première fois, répéta Paul.

Sa voix se répercuta autour d'elle comme reprise en chœur par cent Hannah qui souffleraient : « À la première fois. À la première fois. »

– Retournez… vous commencez à voir des images. Vous vous voyez, peut-être dans un endroit étrange. Regardez.

La première fois.

Non, se dit encore Hannah. Du plus profond d'elle-même, une petite voix gémissait :

Je ne veux pas voir ça.

Pourtant, elle était encore attirée à travers ce doux tunnel rouge, de plus en plus vite, avec l'impression de parcourir d'inimaginables distances. Et là... ce fut comme si elle venait de franchir un seuil.

La première fois.

Elle explosa dans l'obscurité, éjectée du tunnel tel un pépin de pastèque entre des doigts humides.

Silence. Noir. Et puis une image qui s'ouvrit telle une petite feuille en train de naître d'une graine, de grandir jusqu'à l'entourer. Elle se serait crue dans un film qui l'enserrait de toutes parts.

– Que voyez-vous ? demanda la voix lointaine de Paul.

– Je vois... moi. C'est moi... sauf que je n'ai pas ma tache de naissance.

Incroyable.

– Où êtes-vous ? Que faites-vous ?

– Je ne sais pas.

Elle était trop ébahie pour avoir encore peur. C'était tellement étrange... et aussi clair que n'importe quel souvenir de sa vie réelle. Incroyablement détaillé. En même temps, elle ne reconnaissait rien.

– Ce que je fais... je tiens... quelque chose. Une pierre. Et je fais quelque chose avec, à un petit... quelque chose.

Elle poussa un soupir d'impuissance avant de reprendre :

– Je suis vêtue de peaux de bêtes ! Une espèce de haut et une sorte de pantalon. Ce n'est pas possible... c'est tellement... primitif. Paul, il y a une grotte derrière moi.

– On dirait que vous êtes remontée très loin.

Autant elle s'émerveillait de chaque nouvelle découverte, autant lui semblait carrément s'ennuyer.

– Et... il y a une petite fille à côté de moi, on dirait Chess. Ma meilleure amie, Chess. Elle a le même visage, les mêmes yeux. Elle porte des peaux, elle aussi... une espèce de robe en peau.

– Oui, vous reprenez les détails classiques de toutes les régressions contenues dans ce livre, contra Paul. Vous faites quelque chose à quelque chose avec une pierre. Vous portez des peaux de bêtes, comme les gens qui veulent s'imaginer dans le passé mais qui n'en connaissent pas le moindre détail.

Cette fois, elle ne le laissa pas se rappeler qu'il s'adressait à une patiente hypnotisée.

– Vous ne m'avez pas dit que je me verrais... vous m'avez juste dit de regarder.

– Hein ? Oh, d'accord, alors c'est vous...

Il paraissait trouver ça tout naturel.

Elle fut prise d'un sursaut affolé.

– Attendez, je...

Trop tard, elle tombait, se dissolvait dans la scène qui l'entourait, devenait la fille devant la grotte.

La première fois.

Dans le lointain, elle entendit sa propre voix murmurer :

– Je tiens un burin de pierre, un outil de fraisage. Je perce un trou dans une dent de renard polaire.

– C'est vous, reprit machinalement Paul. Ensuite ?

– Ma mère va être furieuse : normalement, je devrais être en train de trier les fruits qu'on avait gardés l'hiver dernier pour l'assemblée du printemps. Il n'en reste pas beaucoup et ils sont presque tous pourris. Mais Ran a tué un renard, en a donné le crâne à Ket, et nous avons passé toute la matinée à lui arracher les dents pour en faire un collier pour Ket. Il lui faut quelque chose de nouveau à chaque fête.

– Mon Dieu ! laissa échapper Paul. Vous voulez jouer les paléontologues maintenant ? Vous en savez, des choses...

– Je veux jouer les quoi ? Je vais être chamane, comme la Grande Mère. Je devrais me marier mais je n'ai trouvé personne à mon goût. Ket n'arrête pas de me dire que je vais rencontrer quelqu'un lors d'une assemblée, mais je n'y crois pas.

Elle frissonna.

– C'est drôle, je tremble, tout d'un coup. La Grande Mère dit qu'elle ne perçoit pas ma destinée mais qu'il n'y a pas à s'inquiéter. Seulement moi, je sais qu'elle s'inquiète. C'est pour ça qu'elle veut que je devienne chamane, pour pouvoir lutter si les esprits avaient des projets néfastes à mon endroit.

– Hannah… euh, nous allons vous sortir de là, maintenant, d'accord ? C'est préférable, avant qu'il n'arrive quoi que ce soit d'ennuyeux. Quand je frapperai dans mes mains, vous vous réveillerez, complètement détendue.

– Je m'appelle Hana.

Elle l'articula d'une voix étrange : *Hah-na*.

– Et je suis complètement réveillée. Ket se moque de moi. Elle enfile les dents sur un tendon. Elle dit que je rêve éveillée. Elle a raison ; j'ai massacré les trous sur cette dent.

– Quand je frapperai dans mes mains, vous vous réveillerez. Vous serez Hannah Snow, du Montana.

Il frappa.

– Hannah, comment vous sentez-vous ?

Il frappa encore.

– Hannah ? Hannah ?

– Non, Hana. Hana du peuple des Trois Rivières. Je ne sais pas de quoi vous parlez ; je ne peux pas être quelqu'un d'autre.

Elle se raidit.

– Attendez. Il se passe quelque chose ; un incident du côté de la rivière.

La voix prenait des intonations affolées.

– Quand je frapperai dans mes mains...

– Chut ! Pas de bruit.

Il se passait quelque chose et elle devait savoir quoi. Elle devait se lever...

Hana des Trois Rivières se leva.

– Tout le monde a l'air de s'énerver du côté de la rivière, dit-elle à Ket.

– Peut-être que Ran est tombé dedans. Non, ce serait trop beau. Hana, que faire ? Il veut s'unir à moi, mais je ne peux pas imaginer une chose pareille. Je rêve de quelqu'un d'autre, d'intéressant, de différent...

Elle brandit son collier inachevé :

– Qu'en penses-tu ?

Ce fut à peine si Hana la regarda. Ket était magnifique avec ses courts cheveux bruns, ses yeux verts et brillants qui remontaient vers les tempes, son mystérieux sourire. Le collier était joli, perles rouges alternées avec de délicates dents nacrées.

– Très bien. Tu vas briser les cœurs à l'assemblée. Je descends à la rivière.

Ket reposa le collier.

– Bon, puisque tu insistes... attends-moi.

De petites vagues couraient à la surface du large cours d'eau rejoint un peu en amont par deux affluents. Aussi loin que les anciens s'en souviennent, la tribu d'Hana avait toujours vécu là, dans des grottes de calcaire donnant sur les berges.

Les deux filles arrivèrent l'une derrière l'autre au détour du rivage et là, elles virent ce qui se passait.

Un inconnu se recroquevillait dans les roseaux, ce qui était déjà fascinant en soi, car les étrangers ne venaient pas souvent par là. Mais celui-ci ne ressemblait à aucun autre.

– Un démon, murmura Ket ébahie.

C'était un jeune homme à peine plus âgé qu'elles. Sans doute paraîtrait-il beau en d'autres circonstances, avec ses cheveux blonds très clairs, plus clairs que l'herbe sèche des steppes. Il avait le visage bien fait et un long corps souple vêtu d'un simple pagne. Cela ne gêna pas Hana. Tout le monde se promenait nu quand il faisait chaud. Mais on n'était qu'au printemps naissant, et les journées pouvaient encore être froides. Il fallait être fou pour se passer de vêtements.

Cependant, ce n'était pas ce qui la choquait ; si elle s'était immobilisée là, le cœur battant si fort qu'elle n'en respirait plus, c'était à cause d'autres détails qui évoquaient effectivement en lui le démon.

D'abord ses yeux appartenaient davantage à un lynx ou à un carcajou qu'à une personne : ils renvoyaient la lumière du pâle soleil quand ils vous fixaient ; et ce n'était rien encore par rapport à sa dentition aux longues canines incurvées qui n'avaient plus rien d'humain.

Presque involontairement, Hana jeta un coup d'œil à la dent de renard qu'elle tenait encore dans la main. Oui, cela rassemblait davantage à ça, en plus grand.

Le garçon était sale, plein de boue, les cheveux en bataille, le regard fou. Il avait du sang sur la bouche et le menton.

– C'est bien un démon, décréta un membre de la tribu.

Cinq hommes se tenaient autour de l'étranger, armés de lances et de pierres.

– Qui d'autre aurait un corps humain avec des yeux et des dents d'animaux ?

– Un esprit ? suggéra Hana.

Cela lui avait échappé avant qu'elle n'y réfléchisse vraiment. Cependant, maintenant que tous les regards se tournaient vers elle, elle se redressa, la tête droite.

– C'est soit un démon, soit un esprit. Vous feriez mieux de ne pas l'attaquer, il revient à la Grande Mère de décider de son sort. C'est une affaire de chamane.

– Tu n'es pas encore chamane, intervint un autre homme.

C'était Arno, le chef des chasseurs, un grand gaillard aux larges épaules. Hana ne l'aimait pas.

Néanmoins, elle ne savait pas trop pourquoi elle était intervenue en faveur de l'étranger. Peut-être à cause de cette expression d'animal blessé. Il semblait tellement seul, tellement effrayé – tellement meurtri, même s'il ne paraissait avoir aucune plaie.

– Elle a raison, il vaut mieux l'emmener chez la Grande Mère, conclut un autre chasseur. Faut-il l'assommer et le ligoter, ou juste le tenir sous bonne garde ?

À cet instant, un son aigu monta de la rivière agitée. Une femme hurlait :

– À l'aide ! Au secours ! On a attaqué Ryl !

5

Hana se retourna et se précipita au bord de l'eau. La femme qui criait était Sada, la sœur de sa mère, et la jeune fille tremblante à terre, Ryl, sa jeune cousine.

À dix ans, Ryl était jolie mais, en ce moment, elle semblait totalement hagarde, le cou et la poitrine lacérés.

– Que s'est-il passé ? s'enquit Hana en courant l'enlacer.

– Elle cueillait des herbes et je l'ai trouvée là, qui gisait au sol – je l'ai crue morte !

Le visage de Sada se tordit de douleur. Elle parlait trop vite, on la comprenait à peine.

– Et regardez... regardez son cou !

Sur la peau blême tachée de sang, Hana distingua deux petites marques, comme une morsure – celle de deux dents.

– Sans doute un animal, souffla Ket derrière elle. Mais quel animal ne mord qu'à deux dents ?

Le cœur d'Hana se serra brutalement tandis que Sada reprenait avec indignation :

– Ce n'était pas un animal ! Elle dit que c'était un homme, un garçon ! Elle dit qu'il s'est jeté sur elle et l'a mordue et qu'il... qu'il a bu son sang.

Éclatant en sanglots, elle étreignit sa fille.

– Pourquoi faire une telle chose ? Je vous en prie, aidez-moi ! Ma fille est blessée !

Ryl contemplait le bras de sa mère d'un air halluciné.

– Un garçon... répéta doucement Ket.

– Emmenons-la elle aussi à la Grande Mère, suggéra Hana.

Les yeux tournés vers la rivière, elle s'arrêta net. Les hommes conduisaient l'étranger qui se débattait en grondant de rage et de terreur ; cependant, lorsqu'il aperçut Ryl, son expression changea.

Son regard animal se teinta de désarroi, il semblait à peine capable de la fixer, pourtant il ne parvenait pas non plus à se détourner de la gorge de la fillette.

Il dut fermer les paupières et se prit alors la tête dans les mains, trop désorienté pour paraître encore combatif. Quant à Hana, elle considérait avec horreur la gorge ensanglantée de l'une, la bouche sanguinolente de l'autre. Le rapport semblait si indéniable que personne n'éprouva le besoin de l'exprimer à haute voix.

Mais pourquoi ? se demanda-t-elle prise de vertige. Pourquoi vouloir sucer le sang d'une jeune fille ? Aucun animal, aucun humain ne faisait cela.

Ce devait donc bien être un démon.

Arno s'avança, souleva doucement le menton de Ryl, lui tourna la tête vers l'étranger.

– C'est lui qui t'a attaquée ?

D'un seul coup, le regard de la victime se fixa. Ses pupilles s'élargirent et elle se mit à crier.

Crier, hurler, les mains agitées dans tous les sens. Sa mère la berça contre sa poitrine en sanglotant de plus belle. Quelques hommes lancèrent des invectives envers l'intrus, le menacèrent de leurs lances. Et tous ces sons s'emmêlèrent dans la tête d'Hana en une terrible cacophonie.

Elle posa ses mains tremblantes sur la petite Ryl sans trop savoir comment l'apaiser. Ket pleurait. Sada gémissait. D'autres gens sortaient de la grotte pour voir ce qui se passait.

Au milieu de cette cohue, l'étranger restait recroquevillé, les yeux fermés, l'air navré.

La voix d'Arno s'éleva par-dessus les autres :

– En tant que chasseurs, nous savons ce qu'il nous reste à faire. Cela ne relève plus des chamans.

Ce disant, il fixait Hana qui ne réagit pas. Elle n'avait aucune raison de protéger cet étranger ; il avait blessé sa cousine... pourtant, il semblait tellement misérable, tellement triste !

Et s'il n'avait pu s'en empêcher ? songea-t-elle soudain. Elle ignorait d'où lui venait cette idée, mais c'était ce genre d'intuition qui faisait dire à la Grande Mère qu'elle devrait être chamane. *Et si... s'il n'avait pas voulu le faire mais y avait été contraint ? Maintenant il regrette, il a honte. Et si... oh, je ne sais pas !*

Encore tremblante, elle se surprit de nouveau à parler à haute voix :

– Vous ne pouvez pas le tuer ! Vous devez l'emmener chez la Grande Mère.

– Ce n'est pas son affaire !

– C'est son affaire s'il s'agit d'un démon ! Tu n'es que sous-chef, Arno. Tu es chargé de la chasse mais la Grande Mère est chargée des affaires spirituelles.

L'expression d'Arno se figea de colère.

– Très bien. Nous l'emmenons chez la Grande Mère.

À la pointe de leur lance, ils l'entraînèrent dans une grotte sous les huées de la population.

La Grande Mère était la femme la plus âgée du clan – l'arrière-grand-mère d'Hana, de Ryl et d'à peu près tout le monde. Elle avait le visage tout ridé, le corps sec comme une souche de bois. Mais ses yeux sombres brillaient de sagesse. C'était la chamane du clan, celle qui intercédait directement auprès de la déesse de la Terre, la Brillante Mère, la Donneuse de Vie qui dominait tous les autres esprits.

Assise sur sa natte de cuir, elle écouta attentivement les hommes assemblés autour d'elle. Hana s'était installée à côté d'elle et on avait couché Ryl sur ses genoux.

– Ils veulent le tuer, murmura-t-elle à l'oreille de la vieille femme lorsqu'ils eurent achevé leur récit. Mais regarde ses yeux. Je sais qu'il regrette et je ne pense pas qu'il ait voulu faire de mal à Ryl. Pourrais-tu lui parler, Grande Mère ?

Grande Mère parlait bien des langues, elle avait voyagé loin quand elle était jeune. Mais, après diverses tentatives, elle secoua la tête.

– Les démons ne parlent pas les langues humaines, observa Arno avec mépris.

Il se tenait prêt à le percer de sa lance bien que l'étranger, accroupi face à la Grande Mère, ne parût pas vouloir fuir.

– Ce n'est pas un démon, trancha la Grande Mère en le toisant d'un regard sévère. Mais ce n'est sans doute pas un homme non plus. Je ne saurais trop dire à quelle race il appartient. La Déesse ne m'a jamais parlé de ce genre d'être.

– Dans ce cas, il ne l'intéresse pas, conclut Arno en haussant les épaules. Laisse les chasseurs s'en occuper.

Hana saisit l'épaule de la vieille femme mais celle-ci l'écarta d'une main décharnée, l'air grave et triste.

– Nous savons par ailleurs qu'il est capable de faire beaucoup de mal. Je regrette, enfant, mais je crois qu'Arno a raison.

Après quoi, elle se tourna vers ce dernier.

– Le soir tombe ; nous allons l'enfermer pour la nuit et, au matin, nous déciderons quoi faire de lui. Peut-être la Déesse me dira-t-elle quelque chose dans mon sommeil.

Cependant, Hana avait compris. Elle vit le regard d'Arno et des autres chasseurs quand ils emmenèrent le prisonnier, elle entendit les murmures irrités de la foule sur son passage.

Au matin, l'étranger mourrait. Le plus cruellement possible, si on laissait faire Arno.

Sans doute le méritait-il. Cela ne regardait pas Hana. Néanmoins, cette nuit-là, alors qu'elle reposait sous de chaudes fourrures, elle ne trouva pas le sommeil.

Comme si la Déesse l'empêchait de dormir, lui disait que quelque chose n'allait pas, qu'elle devait agir et qu'elle était la seule à pouvoir le faire.

Hana repensa à la lueur d'angoisse dans les yeux de l'étranger.

Et si… s'il s'en allait loin de là… il ne pourrait plus faire de mal aux gens. Là-bas dans les steppes, il n'y avait personne à qui s'attaquer. Peut-être était-ce là ce que voulait la Déesse. Peut-être était-il de ces créatures échappées du monde des esprits, et la Déesse serait fâchée si on le tuait.

Hana ne savait pas ; elle n'était pas encore chamane. Tout ce qu'elle savait, c'était qu'elle éprouvait de la pitié pour l'étranger et qu'elle ne pouvait plus rester là les bras croisés.

Avant l'aube, elle se leva et, à pas de loup, se rendit vers le fond de la grotte, ramassa une outre d'eau et quelques morceaux de viande séchée. Puis elle se glissa dans la petite grotte annexe où l'on avait enfermé la créature.

Les chasseurs avaient dressé une sorte de barrière devant, comme celle qu'ils utilisaient pour piéger les animaux, faite de branches et d'os croisés avec des cordages. Un chasseur se tenait devant, une main sur sa lance. Adossé à la paroi, il était assoupi, la bouche grande ouverte.

Hana passa devant lui, le cœur battant si fort qu'elle crut le réveiller. Mais le dormeur ne broncha pas. Lentement, silencieusement, elle écarta la barrière.

Du tréfonds de la grotte, deux yeux brillaient vers elle, réverbérant les lueurs du feu. Un doigt sur la bouche pour le rassurer, elle lui fit signe de venir.

Alors seulement elle prit conscience du danger qu'elle était en train de courir. Qui allait empêcher cet étranger de se jeter sur elle avant de se précipiter dans la grotte principale pour y mordre d'autres gens ?

Cependant, il n'en fit rien. Il ne bougea pas, demeura assis, fixant Hana de son regard perçant.

Il ne va pas me suivre. Il ne voudra pas.

D'un geste anxieux, elle lui fit à nouveau signe de venir.

Il restait immobile. Comme elle s'habituait peu à peu à l'obscurité, elle finit par se rendre compte qu'il secouait la tête. Il voulait rester là, laisser le clan le tuer.

Furieuse, elle tendit le pouce vers lui et le balança par-dessus son épaule, l'air de crier *dehors !* avec toute l'autorité d'une descendante de la Grande Mère, d'un futur chef de clan.

Comme l'étranger n'obéissait pas assez vite à son goût, elle se pencha vers lui.

Ce qui parut lui faire peur car il se plaqua contre la paroi, l'air plus effarouché que jamais. Il semblait craindre qu'elle ne le touche.

Il a peur de me faire du mal, songea-t-elle. Elle ignorait ce qui avait pu susciter une telle idée en elle, mais elle ne perdit pas de temps à se le demander, préférant profiter de la situation pour obliger l'homme à la suivre où elle le désirait.

Elle l'attrapa par le bras et le poussa devant elle à travers la grande grotte. Ils se déplaçaient tous deux comme des ombres devant les abris bâtis le long des parois ; elle était certaine qu'ils allaient se faire prendre d'une minute à l'autre. Mais personne ne les repéra.

Parvenus à l'extérieur, elle le guida jusqu'à la rivière. Là, elle lui désigna le cours d'eau en aval, lui donna la viande et l'outre et, à force de grands gestes, lui fit comprendre qu'il devait s'en aller, le plus loin possible, poussant la pantomime jusqu'à lui montrer ce qu'Arno lui ferait avec sa lance s'il tentait de revenir. Alors seulement, elle remarqua la façon dont il la regardait.

La lune brillait encore haut dans le ciel, si fort qu'Hana distinguait chaque trait du visage de l'étranger. Et là, il la fixait avec l'intensité d'un carnassier ; en même temps, il y avait quelque chose de désolé, de profondément humain dans son expression.

Hana s'immobilisa. D'un seul coup, l'espace autour de la grotte lui parut immense et elle, toute petite. Elle percevait avec une particulière intensité les bruits de la nuit, les coassements des grenouilles, le grondement de la rivière.

Je n'aurais jamais dû l'amener ici. Je me retrouve seule avec lui. C'est de la folie.

S'ensuivit un long moment au cours duquel ils se scrutèrent. L'étranger avait en fait des yeux très sombres, aussi profonds que ceux de la Grande Mère, sous des cils immenses. Hana s'avisa soudain qu'il était beau.

Il prit les morceaux de viande séchée, les considéra un instant avant de les jeter à terre et fit de même avec l'outre. Puis il poussa un soupir.

Irritée, Hana passa de la frayeur à l'agacement. Que faisait-il ? Croyait-il qu'elle voulait l'empoisonner ? Elle ramassa les morceaux de viande et en mit un dans sa bouche. Tout en le mâchant, elle lui tendit le reste en faisant le geste d'en manger.

– Allez, il faut t'alimenter ! dit-elle tout haut.

Sans la quitter des yeux, il prit la viande, toucha sa bouche, secoua la tête puis la jeta de nouveau.

Il veut me faire comprendre que ce n'est pas une nourriture pour lui, comprit-elle choquée. *Et l'eau ne peut pas non plus le désaltérer.* Alors que le sang de Ryl... voilà ce qu'il buvait.

Il se nourrit et s'abreuve de sang.

Tous deux s'immobilisèrent encore. Hana avait très peur, sa bouche tremblait, ses yeux s'emplissaient de larmes car elle voyait les longs crocs du garçon dépasser sur ses lèvres inférieures, et ses prunelles refléter la lune.

Il contemplait son cou.

Nous sommes dehors, tout seuls... il aurait pu m'attaquer à n'importe quel moment. Il pourrait le faire maintenant. Il paraît très fort. Pourtant, il ne m'a pas touchée. Bien qu'il meure de faim, je crois. Et puis il a l'air si peiné, si triste... et si affamé.

Ses pensées se heurtaient dans sa tête, à lui en donner le vertige. *Il a attaqué Ryl... sans la tuer. Ryl qui a même pu dîner avant d'aller se coucher. La Grande Mère a dit qu'elle s'en sortirait.*

Si ça ne l'a pas tuée, ça ne me tuera pas non plus.

Hana déglutit. Elle voyait bien que cet étrange garçon n'allait pas l'attaquer malgré le frémissement qui agitait son corps. *À quoi bon le laisser partir s'il doit mourir de faim ? Il n'y a pas d'autre tribu dans la région. Il sera obligé de revenir. Et j'avais raison tout à l'heure : il ne veut pas faire ça mais il y est contraint. Qui sait si quelqu'un ne lui a pas jeté un sort qui le ferait mourir de faim à moins qu'il ne boive du sang ?*

Personne d'autre ne pourra l'aider.

Très lentement, sans le quitter des yeux, elle souleva ses cheveux sur le coin de son cou, lui offrit sa gorge en reculant légèrement la tête.

Une lueur vorace traversa le regard de l'étranger, suivie aussitôt d'une expression aussi stupéfaite que furieuse et il secoua violemment la tête.

Sans se démonter, elle se passa une main sur le cou puis sur la bouche avant de refaire le geste qui l'invitait à partir. *Tu manges et tu t'en vas.*

Et, par la Déesse, dépêche-toi ! songea-t-elle en fermant les paupières. *Avant que je ne m'affole et ne change d'avis.* Elle avait fondu en larmes. Impossible de s'en empêcher. Serrant les poings et les dents, elle attendait en s'efforçant de tenir bon.

Lorsqu'il l'effleura enfin, ce fut pour lui prendre la main.

Elle rouvrit les yeux. Il la dévisageait avec une infinie tristesse ; doucement il lui caressa la paume avant de la baiser. Dans toutes les tribus, c'était un geste de gratitude... et de respect.

Qui envoya des vibrations à travers tout le corps d'Hana, comme des frissons mais tièdes, et sa tête se mit à tourner, ses jambes, à flancher ; une fièvre l'envahit, comme elle n'en avait connu que lorsque la Grande Mère lui avait enseigné à communiquer avec la Déesse.

Elle vit aussi une réaction stupéfaite chez l'étranger, comme s'il ressentait les mêmes choses, tout aussi inédites pour lui ; cela, elle le savait. Cependant, il relâcha vite sa main et elle comprit que lui aussi avait peur. Ces sensations étaient dangereuses – car elles les rapprochaient trop l'un de l'autre.

Durant un long moment, elle regarda encore le clair de lune dans ses prunelles.

Et puis il se détourna pour s'en aller.

La gorge serrée, elle le suivit des yeux, certaine qu'il allait mourir. Et cela lui faisait mal. Pourtant elle demeura sans bouger, la tête haute bien qu'elle sente les larmes couler sur ses joues. Elle ignorait pourquoi elle se mettait dans un tel état – mais c'était très douloureux. Comme si elle était en train de perdre quelque chose… d'infiniment précieux… avant même d'avoir pu y goûter.

À présent, l'avenir lui semblait gris. Vide. Solitaire.

Glacée, bouleversée, elle demeura longtemps devant la rivière impétueuse et sentit le vent souffler en elle. Si solitaire…

– Hannah ! Hannah ! Réveillez-vous !

Quelqu'un criait son nom mais ce n'était pas la voix d'un des habitants de la grotte. Elle semblait... lointaine... tout en provenant de toutes les directions à la fois, ou peut-être même du ciel.

– Hannah ! Réveillez-vous, je vous en prie ! Ouvrez les yeux ! plaidait la voix affolée.

Jusqu'à ce que retentisse une autre voix, calme, celle-ci, qui toucha une corde sensible au plus profond d'Hana. Une voix qui n'émettait aucun son mais parlait directement à son esprit.

– *Hannah, reviens. Tu n'as pas à revivre ça. Réveille-toi. Reviens. Hannah – viens.*

Hana des Trois Rivières ferma les yeux et s'effondra.

6

Hannah ouvrit les yeux.

– Enfin, Dieu merci ! dit Paul au bord des larmes. Oh, merci, mon Dieu ! Est-ce que vous me voyez ? Est-ce que vous savez qui je suis ?

– Je suis trempée ! laissa tomber Hannah, en touchant son visage et ses cheveux humides.

Paul tenait un verre d'eau vide à la main.

– Je suis trempée.

– Il a bien fallu que je vous réveille, dit-il en s'affaissant au sol, près du divan. Quel est votre nom ? En quelle année sommes-nous ?

– Je m'appelle Hannah Snow, marmonna-t-elle encore engourdie. Et on est...

Soudain les souvenirs jaillirent du brouillard. Elle se redressa, les yeux pleins de larmes.

– Qu'est-ce qu'il s'est passé ?

– Je ne sais pas. Vous n'avez fait que parler – raconter une histoire comme si vous étiez en train de la vivre. J'avais beau faire, je n'arrivais pas à vous tirer de là. J'ai tout essayé – j'ai bien cru que vous n'en sortiriez jamais. Jusqu'à ce que vous éclatiez en sanglots et que, là non plus, je ne puisse pas vous calmer.

– J'avais l'impression que tout ça se passait vraiment.

Elle avait mal à la tête ; tout son corps la faisait souffrir et d'invraisemblables souvenirs la hantaient, des souvenirs pourtant si vivants...

– Je n'ai jamais entendu parler d'une telle régression temporelle, souffla Paul. Ces détails... vous sembliez tout savoir. Est-ce que vous auriez étudié... comment pourriez-vous connaître ce genre de chose ?

– Impossible. Je n'ai jamais étudié la vie quotidienne à l'âge de la pierre. Et là, c'était la pure réalité. Je n'étais pas en train d'imaginer quoi que ce soit, je le vivais.

Ils se mirent à parler en même temps :

– Ce garçon, dit Paul. C'est de lui que vous avez peur, n'est-ce pas ? Voyez-vous, la régression est une chose... les vies antérieures, une autre... mais ça semble fou...

– Je ne crois pas à l'existence des vampires, disait-elle de son côté. Parce que ce type devait en être un, non ? Un vampire préhistorique. Peut-être le premier. Et je ne crois pas non plus à la réincarnation.

– C'est complètement fou.

– Là, je suis d'accord.

Tous deux reprirent leur souffle en se regardant. Un long silence s'ensuivit. Puis Hannah porta une main à son front.

– Je suis... très fatiguée.

– Oui. Oui. Ça se comprend.

Regardant autour de lui, il hocha deux fois la tête, se releva.

– Bon, je vais vous raccompagner chez vous. Nous reparlerons de ceci plus tard, pour tâcher de comprendre ce que ça signifie. Sans doute une sorte de fixation subconsciente... un symbolisme archétypal... en quelque sorte. Vous vous sentez mieux, maintenant, non ? Vous n'allez pas vous faire de souci pour ça, promettez-le-moi. Parce qu'il n'y a aucune raison de vous inquiéter.

– Je sais. Je sais.

– Nous savons au moins que nous n'avons pas à craindre de vous voir attaquée par des vampires.

Hannah ne parvint pas à sourire.

– Allez, reprit Paul, je vous ramène chez vous. C'est préférable.

– Je crois, oui.

Il lui tendit la main pour l'aider à se relever.

– Au fait, désolé de vous avoir trempée.

– Non, vous avez bien fait. J'étais dans un tel état… et il allait m'arriver des choses encore plus horribles. Effroyables.

– Comment le savez-vous ?

– Je ne sais pas. C'est comme ça.

Paul la raccompagna jusqu'à sa maison et elle lui en fut reconnaissante.

À peine rentrée, elle se précipita vers le bureau de sa mère, une pièce confortable, au désordre accueillant avec ses livres empilés au sol et ses outils de paléontologue éparpillés partout. Elle la trouva l'œil collé à son microscope.

– C'est toi, Hannah ? demanda sa mère sans relever la tête. Je me suis trouvé de magnifiques coupes de canaux haversiens d'ornithorynque. Tu veux voir ?

– Euh… pas tout de suite. Plus tard, peut-être.

Hannah aurait bien aimé lui raconter ce qu'il venait de se passer mais quelque chose l'en empêchait. Sa mère était tellement perspicace, tellement pragmatique et intelligente…

Elle va me prendre pour une dingue et elle aura raison. Sans compter qu'elle se demandera comment elle a pu mettre au monde une fille aussi délirante.

C'était très exagéré, bien sûr, néanmoins elle se sentait incapable de lui révéler quoi que ce soit. Depuis la mort de son père, cinq années auparavant, toutes deux se comportaient plutôt comme des amies, ce qui n'empêchait pas Hannah de rechercher sans cesse son approbation. Elle avait un besoin irrépressible de la savoir fière d'elle, certaine qu'elle pouvait se débrouiller seule.

C'était la même chose avec les messages – jamais elle ne lui en parlerait. Tout ce que sa mère savait, c'était qu'Hannah faisait parfois des cauchemars.

– Alors, comment ça s'est passé ce soir ? lui demanda sa mère l'œil toujours collé à son microscope. Ce Dr Winfield est si jeune – j'espère qu'il n'est pas trop inexpérimenté.

Dernière chance. À prendre ou à laisser.

– Euh... ça s'est bien passé.

– Tant mieux. Il y a du poulet dans la cocotte, il faut que je parte bientôt. Je termine ça avant.

– D'accord. Super. Merci.

Hannah sortit du bureau complètement découragée.

Tu sais pourtant que maman ne t'en voudra pas, se dit-elle en se servant un morceau de poulet. *Alors raconte-lui tout. Ou alors téléphone à Chess. Ça te fera du bien. Elles te diront toutes les deux que ces trucs de vampire sont impossibles et que les vies antérieures...*

Ouais, c'est bien ça le problème.

Hannah se figea, sa fourchette à la main.

Je ne crois ni aux vampires ni à la réincarnation. Mais je sais ce que j'ai vu. Et je sais beaucoup de choses sur Hana... Des choses que je n'ai pas racontées à Paul. Je sais qu'elle portait une tunique et des jambières en peau de chevreuil. Je sais qu'elle mangeait du gibier faisandé, du sanglier et du saumon, et des noisettes. Je sais qu'elle se fabriquait des outils avec des ramures d'élan et des os de cerf, à l'aide d'un silex... Tiens, je me sens tout à fait capable de me tailler des lames et un racloir dans un pavé en ce moment. Je sais que j'y arriverais. Je le sens. Dans mes paumes.

Elle reposa sa fourchette car ses mains tremblaient légèrement.

Et je sais qu'elle chantait d'une jolie voix... cristalline.

Comme celle qui vient de s'installer dans mon esprit.

Alors, qu'est-ce que je vais faire quand on me dira que c'est impossible ? Discuter ? Là, je passerai vraiment pour folle, comme ces gens dans les asiles qui se prennent pour Napoléon ou Cléopâtre.

Bon sang, j'espère que je n'ai pas été Cléopâtre !

Riant et pleurant à la fois, elle se prit la tête dans les mains.

Et lui, alors ?

L'étranger blond aux yeux insondables. Hana ignorait son nom mais Hannah savait qu'il s'appelait Thierry.

Et lui, alors, si le reste est vrai ?

C'est de lui que j'ai peur. Pourtant il ne paraissait pas si maléfique. Dangereux mais pas diabolique. *Alors pourquoi est-ce que je le considère comme un démon ?*

Et pourquoi est-ce qu'il m'attire quand même ?

Parce qu'elle se sentait bel et bien attirée. Elle n'avait pas oublié les sensations d'Hana près de lui au clair de lune. Incompréhension... peur... et attirance. Ce magnétisme entre eux. Cette chose extraordinaire qui se produisait quand il lui touchait la main.

Il était arrivé aux Trois Rivières et avait mis sa vie sens dessus dessous... *Les Trois Rivières... C'est vrai ! Pourquoi est-ce que je n'y ai pas pensé plus tôt ? Le message. L'un d'eux disait : « Souviens-toi des Trois Rivières. »*

D'accord. Je m'en suis souvenue. Et alors ?

Alors elle ne savait pas. Peut-être devrait-elle tout comprendre maintenant, et savoir que faire...

pourtant ce n'était pas le cas. Elle se sentait plus perdue que jamais.

– *Bien sûr,* dit une petite voix glaciale. *Déjà tu n'as pas pu tout te rappeler. Paul t'a réveillée avant la fin.*

– *La ferme !* répondit Hannah à la voix.

Cependant, elle ne pouvait s'arrêter d'y penser. Elle ne parvint pas à s'endormir, passant d'une pièce à l'autre, se dérobant aux questions de sa mère lorsque celle-ci rentra. Une fois qu'elle fut couchée, Hannah reprit de plus belle son errance de pièce en pièce, rangeant des objets, ramassant des livres qu'elle abandonnait presque aussitôt.

Il faut que je dorme. C'est le seul moyen de me sentir mieux. Mais elle ne parvint même pas à s'asseoir, encore moins à s'étendre.

J'ai peut-être besoin d'air.

Curieuse pensée. Jamais elle n'avait ressenti le besoin de sortir dans le seul but de respirer – dans le Montana, ça allait de soi. Pourtant, quelque chose l'attirait au-dehors, quelque chose d'irrésistible.

Je vais juste ouvrir la porte de derrière. Évidemment, il n'y a rien à craindre dans la véranda ; d'ailleurs, si je sors, ça le prouvera bien. Après, je pourrai dormir.

Sans prendre le temps d'analyser la logique de ce raisonnement, elle ouvrit la porte de la cuisine.

La nuit était si belle avec cette lune brillante qui illuminait le paysage et faisait reculer l'horizon. Le jardinet d'Hannah semblait se fondre dans les herbes sauvages de la prairie et le vent parfumait l'air de l'odeur âcre des sauges.

Les fleurs seront précoces ce printemps, songea-t-elle. Asters, bleuets et petits boutons-d'or. Le paysage se teinterait de vert pendant quelques semaines. La vie l'emporterait sur la mort.

J'avais raison de vouloir sortir. Je me sens mieux maintenant. Je vais pouvoir rentrer me coucher…

À cet instant, elle sentit qu'on l'observait.

C'était cette même sensation qui la poursuivait depuis des semaines, cette impression que des yeux la fixaient dans l'obscurité. Un frisson d'adrénaline la traversa.

Pas de panique. Ce n'est qu'une impression. Il n'y a sûrement rien.

Elle recula jusqu'à la porte en s'efforçant de ne pas faire de gestes brusques ; elle était certaine que si elle s'enfuyait, l'être qui l'observait allait jaillir et l'attraper avant qu'elle n'ait atteint la porte.

En même temps, elle discernait quelques points gris, entendait un léger tintement. Rien d'anormal. Elle s'efforçait pourtant de capter le moindre mouvement mais rien ne bougeait, aucun bruit ne se distinguait des sons de la nuit. Jusqu'à ce qu'elle aperçoive la silhouette.

Noire sur l'obscurité plus douce de la nuit, qui se déplaçait sur l'herbe sauvage, immense. Ce n'était pas un chat ni un petit animal comme on en voyait parfois. Plutôt une personne.

Qui venait dans sa direction.

Hannah crut qu'elle allait s'évanouir.

N'importe quoi ! cracha une voix sèche. *Rentre. Tu restes là dans la lumière de la fenêtre, tu es une cible parfaite. Rentre vite et ferme à clef.*

Hannah fit volte-face tout en comprenant déjà qu'elle ne serait pas assez rapide. L'autre allait lui sauter dessus et alors…

– Attendez ! cria la silhouette. S'il vous plaît, attendez !

Un timbre d'homme. Inconnu. Mais qui eut pour effet de l'arrêter en plein mouvement.

– Je ne vous ferai pas de mal, c'est promis.

Fuis !

Très lentement, une main sur la poignée de la porte, elle se retourna et regarda la sombre silhouette se détacher de l'ombre, comme si sa destinée la rejoignait soudain.

Sur le chemin en pente, elle aperçut d'abord les chaussures, puis le jean ; tenue de marche coutumière pour n'importe quel habitant du Montana. Celui-ci était grand, avec de longues jambes. Après quoi, la lumière dévoila son tee-shirt, un peu léger pour la saison, puis ses larges épaules.

Quand il arriva au pied de la véranda, Hannah découvrit son visage.

Il avait meilleure mine que la dernière fois qu'elle l'avait vu. Ses cheveux blond platine n'étaient pas ébouriffés, il n'était pas éclaboussé de boue et ne la contemplait pas d'un air égaré ; ses yeux noirs trahissaient juste une infinie tristesse qui la transperça comme un coup de poignard.

C'était indubitablement le garçon de sa séance d'hypnose.

– Mon Dieu ! bredouilla-t-elle les jambes flageolantes.

C'est vrai. C'est donc vrai ! Il existe et ça veut dire... que tout est vrai.

– Mon Dieu !

Elle tremblait violemment et dut faire un effort pour empêcher ses jambes de se dérober sous elle. Le monde changeait autour d'elle, jamais elle n'avait connu pareille expérience, comme si tout son univers s'écroulait pour faire place à une autre réalité. Rien ne serait jamais plus comme avant.

– Ça va ?

Comme l'inconnu s'approchait, elle recula instinctivement.

– Ne me touchez pas !

Cette fois, ses jambes cédèrent. Elle s'effondra sur la véranda et son visage se retrouva à peu près à la hauteur de celui du garçon.

– Désolé, murmura-t-il. Je sais ce que vous traversez. Vous comprenez, maintenant ?

– C'était vrai... balbutia-t-elle.

– Oui.

Ces yeux noirs si tristes.

– C'est... j'ai eu des vies antérieures.

– Oui.

Les yeux baissés, il semblait ne plus pouvoir soutenir son regard. Il ramassa un caillou, l'examina. Hannah lui trouva de longs doigts délicats.

– Vous êtes une Âme Ancienne, énonça-t-il. Vous avez vécu de nombreuses vies.

– J'étais Hana des Trois Rivières.

Ses doigts s'immobilisèrent.

– Oui.

– Et vous êtes Thierry. Et vous êtes un...

Il ne releva pas la tête.

– Allez-y, dites-le.

Hannah ne pouvait pas. Sa voix refusait d'articuler ce mot.

L'étranger – Thierry – le dit pour elle :

– Les vampires existent.

Cette fois, le regard énigmatique la fixa.

– Je suis navré.

Hannah poussa un soupir mais ne se détourna pas. Son monde avait fini de se restructurer. Son esprit se remettait à fonctionner.

Maintenant, je sais au moins que je ne suis pas folle. C'est déjà une consolation. C'est l'univers qui déraille, pas moi.

Il va bien falloir m'y faire, d'une façon ou d'une autre.

– Et vous allez me tuer ? demanda-t-elle paisiblement.

– Mais non ! s'exclama-t-il abasourdi. Vous ne comprenez pas. Jamais je ne vous ferai de mal… Je… je ne sais par où commencer.

Hannah s'assit sans rien dire, le laissant chercher ses mots en inspectant la véranda. Elle sentait son cœur battre, sa gorge se serrer. Elle avait dit à Paul que ce garçon l'avait tuée, qu'il ne cessait de la tuer. Pourtant, il lui présentait maintenant une expression trop choquée pour qu'elle ne puisse que regretter de l'avoir pensé.

– Je ferais sans doute mieux de commencer par me présenter, soupira-t-il. Par dire ce que j'ai accompli. Je vous ai fait sortir, ce soir, je vous ai inspiré cette décision un peu malgré moi, parce qu'il fallait que je vous parle.

– Vous m'auriez *inspirée* ?

– *C'est une démarche mentale. Je peux également communiquer ainsi.*

Elle reconnaissait sa voix bien qu'il ne remuât pas les lèvres. Et c'était cette même voix qu'elle avait entendue à la fin de la séance d'hypnose, celle qui n'appartenait pas à Paul. Celle qui lui avait soufflé à l'esprit : *Hannah, reviens. Tu n'as pas à revivre ça.*

– C'est vous qui m'avez réveillée, articula-t-elle. Sans vous, je ne serais pas revenue.

– Je ne pouvais supporter de vous voir tant souffrir.

Comment croire en la méchanceté d'un être qui possédait ces yeux-là ?

À l'évidence, il n'était pas de la même nature qu'elle ; chacun de ses mouvements trahissait le prédateur en lui. Il ne se déplaçait pas, il ondulait avec la souplesse des loups, une grâce surnaturelle mais tellement belle…

– Les loups, observa-t-elle soudain. J'ai ramassé un cadre d'argent pour les frapper. De l'argent… Donc les loups-garous existent aussi.

Au dernier moment, sa question s'était terminée en affirmation.

– Il existe tant de choses que vous ne connaissez pas. Ou dont vous n'avez pas encore le souvenir. Vous avez commencé à en retrouver les traces avec l'aide de ce psychologue. Vous avez dit que j'étais un seigneur du Night World.

Le Night World. Cette seule mention la fit frémir. Elle se le rappelait presque, mais pas tout à fait.

Et elle savait qu'elle avait tort de rester là, agenouillée, à poursuivre cette conversation. Elle s'entretenait avec un vampire. Un être qui buvait du sang pour se nourrir, dont chaque geste évoquait le chasseur en lui. En outre, c'était aussi celui contre lequel son esprit la mettait en garde depuis des semaines, celui dont elle devait avoir si peur.

Alors pourquoi ne fuyait-elle pas ? D'abord, elle ne pensait pas que ses jambes puissent la porter longtemps. Ensuite, elle ne pouvait s'empêcher de le regarder.

– L'un des loups-garous était à moi, dit-il tranquillement. La louve, à vrai dire, que j'avais envoyée vous trouver et vous protéger. Mais l'autre... Hannah, vous devez comprendre, je ne suis pas le seul à vous rechercher.

Me protéger. Ainsi, j'avais raison. La femelle grise était de mon côté.

– Qui d'autre me recherche ?

– Une autre créature de la nuit. Vampire…

– Et moi, je suis une créature de la nuit ?

– Non. Vous êtes humaine, énonça-t-il comme s'il y voyait encore une menace majeure. Les Âmes Anciennes sont des humains qui se réincarnent.

– Combien de fois me suis-je réincarnée ?

– Je… il faudrait que j'y réfléchisse. Beaucoup.

– Et vous avez chaque fois été avec moi ?

– Chaque fois que je le pouvais.

À présent, elle le bombardait de questions sans se rendre compte que sa voix devenait de plus en plus aiguë.

– Que signifient les autres messages ? Pourquoi suis-je persuadée que je vais mourir avant mes dix-sept ans ?

– Hannah…

Il lui prit la main pour la rassurer et elle le laissa faire instinctivement. Leurs doigts se touchèrent et le monde disparut.

7

Elle se sentit comme foudroyée. Le courant lui traversa le corps mais ce fut son esprit qui en s'en trouva le plus affecté.

Je te connais ! C'était comme si elle se tenait dans un sombre paysage, perdue, aveugle, lorsqu'un éclair éblouissant vint frapper le ciel, lui permettant d'apercevoir ce qu'elle n'avait encore jamais vu. Tremblant de tous ses membres, elle s'écroula en avant à l'instant où lui-même tomba sur elle. Une décharge électrique parcourut ses nerfs, la secouant par vagues ; elle éprouvait la plus forte émotion de sa vie.

De la fureur.

– Tu devais être là ! s'étrangla-t-elle. Où étais-tu ?

Tu devais être avec moi – depuis si longtemps ! Tu fais partie de moi, je sentais bien que quelque chose n'allait pas. Tu devais rester dans les parages, m'aider quand j'avais des ennuis, veiller sur moi, écouter mes récits, comprendre ce que je ne pouvais confier qu'à toi, m'aimer quand je déraillais, me donner de quoi m'attendrir et m'occuper afin que je vive ma vie de femme selon les desseins de la Déesse.

– Hannah…

C'était sans doute ce qui se rapprochait le plus d'une explosion mentale et elle comprit qu'ils étaient à présent sur la même longueur d'onde. Il percevait ses pensées, et elle, les siennes.

Bon ! songea-t-elle sans même s'en étonner. Son esprit écumait encore de rage.

– Tu étais mon compagnon de vol ! Mon camarade de jeu ! Tu étais ma moitié. Nous devions être sacrés l'un pour l'autre – et tu n'as jamais été là !

Elle lui balança cette dernière pensée de plein fouet et sentit qu'elle l'avait touché. Sentit sa réaction.

– J'ai essayé !

Il était horrifié… rongé par la culpabilité. En même temps, Hannah sentait que c'était pour ainsi dire son état normal, si bien qu'il n'en était pas autant affecté qu'il le devrait. Et sous cette horreur perçaient un étonnement, une joie qui lui envoyèrent un nouveau frisson.

– Alors, tu me connais ? laissa-t-il tomber.

Il se redressa pour la regarder, comme s'il n'arrivait pas encore à y croire.

– Tu te souviens… Hannah, de quoi te souviens-tu ?

Oui, je me rappelle ce visage, ces yeux, surtout ces yeux. Elle était comme une enfant adoptée qui reconnaîtrait un frère ou une sœur aux traits de son visage, lui trouverait des airs de famille.

– Je me souviens… qu'on était destinés l'un à l'autre. Qu'on était…

Elle articula lentement les mots suivants :

– … des âmes sœurs.

– Oui, murmura-t-il.

Il en paraissait tellement émerveillé que son expression s'adoucissait, que la tristesse désespérée qui habitait ses yeux semblait s'apaiser.

– Des âmes sœurs. Nous étions destinés l'un à l'autre. Nous aurions dû rester ensemble à travers les âges.

Maintenant, au moins, ils s'entraidaient, Hannah penchée sur la véranda, Thierry la retenant d'un genou sur une marche. Leurs visages se trouvaient à quelques centimètres l'un de l'autre et elle ne pouvait s'empêcher de regarder sa bouche.

– Alors, demanda-t-elle doucement, que s'est-il passé ?

Sur le même ton, sans bouger d'un pouce, il répondit :

– J'ai échoué.

– Ah…

Sa fureur la quitta d'un coup. Elle le discernait si bien, percevait ses émotions, ses pensées. Il souffrait autant qu'elle de leur séparation. Il la désirait. Il l'aimait… l'adorait. Il la considérait avec les yeux d'un poète devant la lune et les étoiles… dans une hyperbole ridicule. Il la voyait entourée d'une sorte de halo argenté.

C'était complètement idiot, mais s'il y tenait… ce n'était pas elle qui s'y opposerait. Cela l'incitait juste à se montrer très tendre avec lui. À présent, elle sentait son souffle tiède, il lui suffirait de se pencher un peu pour lui effleurer la bouche.

Hannah se pencha.

– Attends… dit-il.

Il avait commis une erreur en parlant à haute voix, car ses lèvres remuèrent contre les siennes, transformant ce contact en baiser auquel ni l'un ni l'autre ne sut résister. Ils avaient tant besoin de se retrouver dans ce doux contact. Elle se sentit envahie d'amour, de soulagement et de joie.

Quoi de plus naturel ?

Malgré son vertige, elle parvenait à réfléchir. *Je savais que la vie avait à m'offrir quelque chose d'aussi merveilleux, d'aussi mystérieux. Quelque chose que je sentais mais ne voyais pas, quelque chose qui m'avait jusque-là paru hors de portée.*

Et voilà. Je fais partie de ces heureux élus – je l'ai trouvé.

Thierry n'était pas aussi prolixe. Tout ce qu'elle l'entendit penser fut *Oui.*

Jamais elle n'avait éprouvé une telle gratitude. Emplie d'amour, elle ne savait que le transmettre à Thierry qui le lui rendait aussitôt. Plus elle en donnait, plus elle en recevait. C'était un cycle qui les entraînait de plus en plus haut.

Comme s'ils volaient. Tout vertige oublié, elle se sentait étrangement calme et sûre d'elle, comme si elle se tenait au sommet d'une montagne, emplie d'une infinie tendresse... d'un fabuleux sentiment d'appartenance. C'était si bon que cela faisait mal.

Et cela l'incitait à en donner encore davantage.

Elle savait ce qu'elle voulait. C'était ce qu'elle avait tenté de lui donner la première fois, quand elle avait compris que sans elle il mourrait. Elle voulait lui donner ce que toute femme pouvait donner.

La vie.

Elle n'était encore qu'une toute jeune fille, pas prête pour les responsabilités qui lui incomberaient si une nouvelle vie germait dans son corps. Mais elle offrirait le cadeau de la vie à Thierry d'une autre façon.

Reculant pour le regarder, elle vit la tendresse qui vibrait dans ses yeux et lui toucha la bouche du bout des doigts.

Il les baisa. Sans s'y arrêter, elle lui écarta les lèvres pour poser ses doigts sur ses dents et sentit aussitôt les longues canines pointues, légèrement acérées. Pas vraiment des crocs de prédateur, de renard, de lynx ou de loup.

Il la laissa faire, d'abord avec stupéfaction puis avec un désir mêlé d'une folle terreur.

– Arrête, Hannah, je t'en prie ! Tu ne sais pas...

Du pouce, elle tâta la pointe. Oui, la pointe s'aiguisait maintenant et cela lui rappela les canines d'un renard polaire – nacrées, transparentes, élégamment incurvées.

La poitrine de Thierry se soulevait.

– Arrête, je t'en prie ! Je... je ne peux pas...

Mais Hannah restait sous le charme. *Je ne comprends pas pourquoi les gens ont peur des vampires. N'importe quelle humaine pourrait les taquiner ainsi, les rendre fous, pourvu qu'elle soit cruelle.*

À moins qu'elle ne préfère se montrer gentille.

Doucement, elle posa l'autre main sur la nuque de Thierry, appuya à peine. Il se montra totalement docile à ce contact – rien de plus facile que de guider cette bouche vers sa gorge.

– *Hannah...*

Elle le sentait trembler.

– *N'aie pas peur,* lui dit-elle silencieusement.

Et elle l'attira encore plus près.

Il voulut la repousser par les épaules mais ne fit que s'y accrocher, incapable de résister davantage, l'embrassant avec gourmandise... jusqu'à ce qu'elle sente la pointe d'une dent.

Cela ne fit pas mal. C'était plutôt une tendre blessure, des plus agréables.

Et puis... une totale félicité.

Une sensation non pas physique mais émotionnelle. Ils étaient complètement unis et la lumière se répandait entre eux.

Combien d'existences avons-nous manquées ? Combien de fois ai-je dû dire : « Peut-être dans une autre vie ? » Comment avons-nous pu seulement nous séparer ?

On aurait dit que ses questions sondaient leur esprit à tous deux, à la recherche des réponses les plus cachées. Et Thierry n'opposa plus aucune résistance tant il paraissait submergé par ce qui se passait entre eux. À ce stade, rien ne pouvait plus empêcher Hannah d'obtenir ce qu'elle voulait.

Cette révélation ne tomba cependant pas comme une éblouissante illumination, mais par petits flashs, parfois trop brefs pour être perçus.

Flash. Le visage de Thierry au-dessus d'elle. Non pas le doux visage qu'elle avait vu dans la véranda. Mais une face sauvage au regard animal. Une bouche tordue... des dents rouges de sang.

Non...

Flash. Douleur. Dents qui déchiraient sa gorge. Son sang tiède qui se répandait sur son cou. Et puis le noir.

Oh non...

Flash. Autre visage. Une femme aux cheveux noirs et aux yeux inquiets.

– Tu ne vois pas qu'il est maléfique ? Combien de fois devra-t-il te tuer avant que tu ne comprennes ?

Non, non, non, non...

Mais à quoi bon protester ? Cela ne changeait rien à la réalité. Elle voyait bien ces souvenirs – toutes ces choses qui s'étaient vraiment produites. Elle le savait.

Il l'avait tuée.

– *Hannah, non...*

Cri d'angoisse qui l'arracha à lui malgré l'effroi qu'elle lisait sur son visage.

– Alors, c'est vrai ? murmura-t-elle.

– Hannah...

– C'est pour ça que tu as voulu me réveiller de l'hypnose ? Tu ne voulais pas que je me rappelle ! Tu savais que je découvrirais la vérité !

Hors d'elle, elle s'en voulait autant qu'à lui de s'être un instant abandonnée, de lui avoir fait confiance, d'avoir connu ces quelques instants de délice. Elle se sentait complètement trahie.

Tout au long de sa vie – de ses vies –, il n'avait fait que lui mentir ; tout ce qu'elle avait cru ressentir, cette union, cet amour, cette joie… mensonges.

– Hannah, ce n'était pas pour cette raison…

– Tu n'es qu'un tueur maléfique !

Elle me l'avait pourtant dit, cette femme aux cheveux noirs ; elle m'avait dit la vérité. Pourquoi l'avais-je oubliée ? Pourquoi ne l'ai-je pas écoutée ?

À présent d'autres choses lui revenaient à l'esprit, d'autres choses que lui avait dites cette femme :

– Il est d'une fourberie incroyable… il va essayer de te berner, de prendre le contrôle de ton esprit…

Le contrôle de son esprit. La domination par l'influence. Ne l'avait-il d'ailleurs pas reconnu ?

Elle se sentait maintenant prise au piège. Il avait tenté de jouer avec ses émotions… il était même parvenu à ce qu'elle lui offre son sang ! Elle l'avait laissé la mordre, comme un parasite…

– Je te déteste ! lâcha-t-elle.

Sans cacher son désarroi, il lui reprit les épaules.

– Hannah, je voulais t'expliquer. S'il te plaît ! Tu ne comprends pas tout...

– Oh si ! Très bien ! Je me rappelle tout. Et je comprends qui tu es vraiment.

D'un mouvement de recul, elle se débarrassa de lui. Elle ne voulait plus sentir ses mains sur elle.

Il en parut tout secoué, incrédule.

– Tu te rappelles... tout ?

– Tout, affirma-t-elle froidement. Alors tu n'as plus qu'à t'en aller parce que, quoi qu'il arrive, ça ne marchera pas. Quoi que tu aies pu inventer pour me piéger... Va-t'en !

Un instant, une étrange expression marqua le visage de Thierry, si tragique, si désemparée qu'Hannah en eut le cœur serré. Mais elle n'allait pas se laisser berner à nouveau.

– Ne t'approche plus de moi. Je ne veux plus jamais te revoir.

Au moins était-elle sûre de cette dernière assertion.

Cependant, il se reprenait, soutenait son regard.

– Je n'ai jamais voulu te faire de mal. Tout ce que je désire maintenant, c'est te protéger. Mais si tu y tiens, je m'en vais.

Comment pouvait-il prétendre n'avoir jamais voulu lui faire de mal ? Le meurtre ne lui suffisait pas ?

– J'y tiens. Et je me passe de ta protection.

– En tout cas, elle t'est acquise.

Là-dessus, il se rapprocha, plus vite qu'elle n'aurait pu l'imaginer, rapide comme la pensée ; il posa la main sur sa joue qu'il effleura comme pour lui dire au revoir, avant de lui glisser quelque chose dans la main.

– Porte-le, dit-il dans un souffle. Il te protégera. Rares sont les créatures de la nuit qui oseront s'attaquer à toi si elles le voient.

Hannah faillit dire qu'elle n'avait peur d'aucune créature de la nuit à part lui, mais il n'avait pas fini de parler.

– Tâche de ne jamais sortir seule, surtout la nuit.

Et il disparut.

Comme ça. Il passa de la véranda à l'obscurité de la prairie. Si elle ne l'avait pas senti passer, elle aurait même cru qu'il possédait le don d'invisibilité.

Son cœur se remit à battre si fort qu'elle ne pouvait plus respirer. Pourquoi Thierry lui avait-il caressé la joue ? Rares étaient ceux qui osaient toucher sa tache de naissance, craignant peut-être de lui faire mal.

Et pourquoi demeurait-elle bêtement sur place comme si elle espérait le voir resurgir ?

Rentre, imbécile.

Elle se tourna vers la poignée de la porte qu'elle saisit maladroitement, entra et referma derrière elle, à double tour, avec des gestes nerveux.

En fait, elle était dans un tel état de choc qu'elle se sentait incapable de crier ou de pleurer ; elle se serait crue dans un rêve. Il faisait clair dans la maison. La pendule de la cuisine battait trop fort. Hannah n'aurait même pas su dire si c'était le jour ou la nuit.

Comme si elle sortait d'un cinéma et s'étonnait de trouver encore de la lumière au-dehors. Comme si elle pénétrait dans cette maison pour la première fois de sa vie. Elle n'était pas la même personne qui en était sortie une heure plus tôt. Tout autour d'elle semblait aussi faux qu'un décor de cinéma mais elle seule pouvait s'en rendre compte.

Je ne me sens pas chez moi, ici, songea-t-elle en portant une main à son cou où elle sentit deux petites marques de morsure. *Comment vais-je trier, maintenant, le vrai du faux ?*

Pourtant, elle devait s'estimer heureuse. *Je viens peut-être d'échapper à la mort. J'étais seule avec un monstre vicieux et maléfique, et…*

Très vite, cette pensée s'évanouit : elle ne pouvait pas être heureuse et préférait ne plus penser à la cruauté de Thierry. Elle se sentait vidée, désolée.

Ce ne fut qu'une fois dans sa chambre qu'elle songea à regarder sa main droite.

L'annulaire portait un bijou d'or et d'argent, ou d'or blanc, en forme de rose dont la tige se nouait autour du doigt, et la fleur était sertie de minuscules pierres d'un noir limpide. Des diamants noirs ?

C'était une bague magnifique, d'une finesse exquise avec ses petites feuilles délicatement ciselées, ses minces épines. Mais une fleur noire ?

C'est un symbole du Night World, lui expliqua son esprit. *Un symbole du peuple transformé en vampires.*

La voix glaciale. Au moins Hannah comprenait-elle maintenant la portée des paroles de Thierry, ce qui n'avait pas été le cas lorsqu'elle lui avait parlé de loups et d'argent.

Thierry voulait qu'elle porte cette bague censée la protéger. Elle en doutait. Étant donné le personnage, cela risquait d'être une autre ruse et, si ce bijou avait vraiment un quelconque pouvoir, c'était sans doute celui de la contrôler.

Il lui fallut près d'une heure pour s'en débarrasser. Elle dut recourir au savon et à la vaseline, tirant au point que son doigt vira au violet, gonfla et lui fit mal. À l'aide d'un cure-dents, elle essaya de séparer les anneaux entrelacés. En vain, jusqu'à ce que, d'un faux mouvement, elle se pique et fasse naître une goutte de sang ; tout d'un coup, le métal parut se détendre quelque peu et Hannah put enfin se débarrasser du bijou.

Elle en resta pantoise, incapable de se concentrer sur autre chose. Elle se contenta de jeter la bague dans sa corbeille à papier avant de se traîner vers son lit.

Je suis trop fatiguée... Je réfléchirai demain, je ferai le point. Mais là... si je pouvais juste dormir...

Son corps vibrait encore d'adrénaline lorsqu'elle s'étendit, et elle eut peur de ne pouvoir fermer l'œil. Cependant, son esprit embrumé ne résista pas longtemps et sombra dans l'inconscience.

Hannah Snow s'endormit.

*

* *

Hana des Trois Rivières ouvrit les yeux.

Glacée, bouleversée, elle demeura longtemps devant le cours d'eau impétueux et sentit le vent souffler en elle. Si solitaire...

Des buissons surgit Arno, accompagné d'autres chasseurs armés de leur lance. Ils filèrent à la poursuite de l'étranger. Hana hurla pour le prévenir mais elle savait déjà qu'il n'avait aucune chance.

Elle entendit la curée qui s'ensuivit et, peu après, les vit ramener leur proie, toujours vivante.

– Arno, ne lui fais pas de mal, je t'en prie ! Tu vois bien qu'il aurait pu me blesser et qu'il m'a épargnée. Ce n'est pas un démon. Ce n'est pas sa faute s'il est comme ça.

D'un coup d'épaule, Arno l'écarta de son chemin.

– Ne crois pas que tu vas t'en tirer ainsi.

Rongée par l'angoisse, elle les suivit vers la grotte. Tous ceux qu'avait éveillé le retour des chasseurs comprirent vite ce qu'il se passait et, dans l'aube grise, Arno prit à témoin la Grande Mère :

– Tu nous as dit d'attendre que la déesse de la Terre te parle dans ton sommeil. L'a-t-elle fait ?

La vieille femme jeta un regard navré sur Hana puis secoua la tête. Sans lui laisser le temps de rien dire, Arno s'écria :

– Alors nous n'avons qu'à le tuer et en finir enfin. Emmenez-le dehors.

– Non ! hurla Hana.

Ce qui ne servit à rien. De puissantes mains s'emparèrent d'elle tandis qu'elle échangeait un dernier regard avec l'étranger.

Ce fut alors que commença l'horreur.

Une chose qu'elle n'aurait jamais pu imaginer car elle était certaine qu'aucun chaman n'en avait seulement entendu parler.

L'étranger était une créature qui ne pouvait pas mourir.

Arno fut le premier à le frapper de sa lance dont la pointe blanchâtre alla se ficher dans son côté, faisant jaillir son sang. Hana s'était ruée hors de la grotte, cherchant encore un moyen d'arrêter ce massacre.

Elle vit le sang cesser de couler et la blessure se refermer.

Des exclamations de surprise s'élevèrent autour d'elle. N'en croyant pas ses yeux, Arno frappa de nouveau et assista, bouche bée, à la même guérison instantanée. Il essaya encore. Seules demeurèrent ouvertes les blessures infligées par les lances enfoncées jusqu'au bois de la hampe.

– C'est bien un démon, murmura une femme.

Tous avaient peur mais nul ne s'éloigna du garçon. Il était trop dangereux pour qu'on le laisse s'en aller.

Hana vit alors naître une autre expression sur les visages des gens de son clan. Une expression nouvelle, atroce. La peur de l'inconnu les rendait cruels. Ces gens fondamentalement bons, qui n'auraient jamais torturé un animal, n'hésitèrent plus à martyriser un homme.

– C'est peut-être un démon, mais il saigne toujours, constata un chasseur après l'avoir frappé. Il ressent la douleur.

– Prenez une torche, dit quelqu'un. Voyez s'il brûle !

Et là, ce fut terrible. Hana se crut au cœur d'une tempête, pouvant voir, mais ballottée çà et là, incapable de rien faire pour l'arrêter. Autour d'elle, ses compagnons couraient chercher des braises, des haches et autres silex. Tout le clan était subitement pris d'une fureur meurtrière impossible à endiguer.

Hana jeta un regard désespéré vers la grotte où la Grande Mère gisait sur sa natte. Elle ne pouvait espérer aucune aide de ce côté-là. Les gens lançaient des pierres au prisonnier, le lacéraient de coups, le brûlaient, et lui demeurait à terre dans son sang, incapable de se défendre. Mais il ne mourait toujours pas et ne cherchait qu'à ramper pour s'enfuir. Même les enfants s'en prenaient à lui.

Dans ce cauchemar, Hana n'avait plus de voix pour hurler et sa vue se voilait. Elle ne pouvait plus supporter ce spectacle, ces odeurs de sang et de chair grillée, ces cris et ces coups. Mais impossible de fuir. Elle n'avait nulle part où aller. C'était sa vie. Elle devait rester là, au point d'en devenir folle…

8

Le souffle court, Hannah s'assit dans son lit. Sur le moment, elle n'aurait su dire où elle était. À travers la fente des rideaux, elle aperçut la lumière grise de l'aube et se crut encore en plein cauchemar. Peu à peu, cependant, les objets qui l'entouraient lui apparurent plus clairement. Sa bibliothèque chargée de livres, surmontée d'un fossile de trilobite presque parfait. Sa commode emplie d'objets qui n'avaient rien à y faire. Ses posters de vélociraptors et de tyrannosaures.

C'est moi. Je me souviens.

Jamais elle n'avait été aussi contente d'être elle-même, de se réveiller.

Pourtant, ce rêve, elle venait bien de le faire. Tout cela lui était arrivé quelques milliers d'années plus tôt, un détail pour la Terre. Hannah en acceptait la réalité. Elle s'était endormie et son subconscient avait soulevé le voile du passé, l'autorisant à sonder plus loin dans l'histoire d'Hana.

Thierry… le clan l'a torturé. Dieu sait combien de temps – heureusement que je n'ai pas eu à en voir davantage.

Sauf que ça change un peu les choses.

Elle ne savait toujours pas comment s'achevait cette histoire ; elle n'était pas trop sûre d'en avoir envie. Mais comment en vouloir à ce garçon de ce qui aurait pu se passer ensuite ?

Une désagréable sensation tordait le cœur d'Hannah. *Toutes ces choses que je lui ai dites. Pourquoi ? J'étais en colère, j'ai perdu la tête. Je le détestais tellement que j'avais envie de le punir. Je le prenais vraiment pour le mal incarné.*

Je lui ai dit de s'en aller, de ne jamais revenir.

Ce n'est pas possible ! Mon âme sœur.

Un grand vide l'habitait ; elle se sentait creuse comme un arbre frappé par la foudre. Et là, au fond d'elle-même, une voix glaciale soufflait : *Pourtant, tu as dit à Paul qu'il ne cessait de te tuer. Tu ne vas pas l'excuser ! C'est un vampire, un prédateur, ce qui le rend naturellement malfaisant. Il n'y peut sans doute rien, mais ce n'est pas une raison pour que tu en subisses encore les conséquences. Vas-tu le laisser encore te tuer dans cette vie ?*

Déchirée entre pitié et instinct de conservation, elle jurait que c'était là la voix de la raison.

Tu ne vas pas avoir pitié de lui, maintenant ! Ne le laisse plus t'approcher.

Elle se sentait mieux d'avoir pris une décision même si elle en avait le cœur lourd. Alors qu'elle regardait autour d'elle, son œil tomba sur le réveil de sa table de nuit.

Oh non ! Le lycée.

Sept heures moins le quart. Vendredi. Sacajawea semblait à des années-lumière de là, dans une autre existence.

Sauf que c'est ta vie d'aujourd'hui, la seule qui compte. Alors tu oublies tous ces trucs de réincarnation, de vampires et de Night World. Ainsi que lui.

Tu l'as envoyé promener, il est parti. Et toi, tu reprends ta vie normale dans le monde réel.

Ces pensées lui permettaient de se sentir mieux, plus résolue. Elle prit une douche, enfila un jean et une chemise, prit son petit déjeuner avec sa mère qui ne cessa de la regarder mais ne posa pas de questions. Du moins jusqu'à ce qu'elles aient presque fini.

– Tout s'est bien passé hier soir, chez le Dr Winfield ? demanda-t-elle à brûle-pourpoint.

Hier soir avait-il jamais existé ? Au mieux, cela remontait à une semaine. Hannah finit de mâcher ses corn flakes avant de dire :

– Pourquoi ?

– Parce qu'il a téléphoné quand tu prenais ta douche. Il avait l'air... anxieux. Pire qu'inquiet mais quand même pas affolé.

Hannah contemplait le visage fin de sa mère, tanné par le soleil du Montana, ses yeux bleus qui l'interrogeaient.

Elle avait envie de tout lui raconter – mais uniquement quand elle en aurait le temps et pas avant d'y avoir réfléchi. Il n'y avait pas d'urgence. Tout cela était derrière elle, maintenant, elle n'avait plus besoin de conseils.

– Paul est anxieux de nature, observa-t-elle. Je crois que c'est pour ça qu'il est devenu psychologue. Hier, il a essayé sur moi une espèce d'hypnose mais ça n'a pas bien marché.

– De l'hypnose ? répéta sa mère en haussant un sourcil. Hannah, je ne sais pas si tu devrais te laisser entraîner dans ce...

– Ne t'inquiète pas, c'est fini. On ne recommencera pas.

– Bon. Mais il veut que tu le rappelles pour un autre rendez-vous. Je crois qu'il souhaite te revoir assez vite.

Tout d'un coup, elle saisit la main de sa fille.

– Ma chérie, tu te sens mieux, au moins ? Tu fais toujours ces cauchemars ?

Hannah détourna les yeux.

– À vrai dire, j'en ai encore fait un, mais j'ai l'impression de mieux les comprendre maintenant. Ils ne me font plus aussi peur.

Elle serra la main de sa mère.

– Ne t'inquiète pas. Ça ira.

– Bon, mais...

Sa mère n'avait pas terminé qu'un coup de Klaxon retentissait au-dehors.

– C'est Chess. Je me sauve.

Hannah vida son verre de jus d'orange et fila chercher son sac à dos dans sa chambre. Elle hésita un quart de seconde devant la corbeille à papier puis secoua la tête.

Non. Aucune raison de reprendre cette bague. Cela provenait de lui et elle ne voulait pas y penser.

Elle passa son sac sur l'épaule, cria au revoir à sa mère et se précipita dehors.

La voiture de Chess était garée dans l'allée. En s'approchant, Hannah ressentit une drôle d'impression. Elle croyait apercevoir une haute silhouette debout derrière, tournée vers elle, mais, éblouie par le soleil, elle cligna des yeux. Quand elle rouvrit les paupières, elle n'aperçut plus rien qu'un petit nuage de poussière.

– Tu es en retard, observa Chess en lui ouvrant la portière.

Chess s'appelait en fait Catherine Clovis ; c'était une jolie brune menue à la coupe au bol. Mais là, ses yeux verts qui remontaient vers les tempes et son sourire de Joconde lui rappelaient trop Ket. Déconcertée, Hannah s'attendit presque à la voir vêtue de peaux de bêtes.

– Ça va ? lui demanda son amie.

– Oui, soupira-t-elle en se laissant tomber sur le siège. Sauf que je devrais me faire examiner les yeux.

Elle regarda l'endroit où lui était apparu le fantôme... rien. Et Chess n'était que Chess : futée, spirituelle, un rien originale, comme une orchidée au milieu du désert.

– Tu n'auras qu'à y aller quand on sortira faire nos courses, ce week-end. Parce qu'on a besoin d'acheter des trucs ! La semaine prochaine, c'est ton anniversaire et je n'ai rien à me mettre.

Hannah ne put réprimer un sourire.

– Pourquoi pas un nouveau collier ? lâcha-t-elle.

– Quoi ?

– Rien.

Je me demande ce qui est arrivé à Ket. Même si Hana est morte jeune, Ket doit bien avoir vieilli. Est-ce qu'elle a épousé Ran, le type qui voulait « s'unir » à elle ?

– Tu es sûre que ça va ? insista Chess.

– Oui, pardon ; j'ai un peu le cerveau à l'envers. J'ai mal dormi, cette nuit.

Hannah lui en dirait davantage plus tard, comme avec sa mère. Quand elle aurait un peu digéré les choses.

Chess lui passa un bras sur l'épaule.

– Il va falloir qu'on te remette en forme, ma petite. D'abord pour ton anniversaire, ensuite pour le diplôme. J'espère que ton psy t'y prépare déjà...

– Oui, peut-être même trop.

Cette nuit-là, elle ne trouva pas davantage le sommeil. La journée de cours s'était bien passée. Ensuite, elle avait dîné tranquillement avec sa mère, mais, une fois celle-ci sortie retrouver des collègues, Hannah s'était remise à errer à travers la maison, trop tendue pour lire ou regarder la télévision, trop égarée pour aller voir des amis.

Et si je prenais un peu l'air ? Cette pensée la fit sourire. *C'est ça, de l'air ! Dis tout de suite que tu espères le rencontrer dehors.*

Elle voulait bien le reconnaître. Encore qu'elle ne voyait pas comment Thierry pourrait traîner dans son jardin après ce qu'elle lui avait dit.

Et d'abord, qu'est-ce que tu lui dirais ? Il n'est sans doute pas totalement, irrémédiablement maléfique, mais ce n'est pas non plus un enfant de chœur.

Ce qui ne l'empêchait pas d'avoir envie de sortir. Du moins de passer cinq minutes dans la véranda. La nuit était magnifique mais elle n'avait pas le cœur à l'apprécier. Le moindre détail la faisait penser à lui ; elle se sentait trop attendrie au souvenir de ses regards désespérés quand elle lui avait dit de s'en aller…

– Je dérange ?

Elle sursauta, se tourna vers la voix.

Au fond de la véranda se tenait une grande fille à peine plus âgée qu'elle, d'une beauté extraordinaire, aux interminables cheveux noirs, si brillants qu'ils semblaient refléter la lune – et Hannah la reconnut.

Elle vient de mes visions. Je l'ai vue dans un flash qui me prévenait de la ruse de Thierry. Et c'est aussi elle que j'ai aperçue derrière la voiture de Chess ce matin. Elle devait m'observer.

– Désolée si je vous ai fait peur, commença la fille en souriant. Vous paraissiez ailleurs, alors je n'ai pas voulu vous déranger. Mais j'aimerais vraiment vous parler si vous avez quelques minutes.

– Je…

Incapable d'en dire davantage, Hannah dévisageait cette personne qu'elle reconnaissait sans pourtant l'avoir jamais rencontrée de sa vie. Et cela la mettait mal à l'aise.

Pourtant c'est ton amie, se dit-elle. *Elle t'a aidée par le passé et c'est sans doute ce qu'elle fera encore. Tu pourrais la remercier.*

– Bien sûr. Je… je me souviens de vous.

– Magnifique ! C'est bien vrai ? Voilà qui va nous faciliter les choses.

Hochant la tête, Hannah se répéta que cette fille ne pouvait être qu'une amie, sûrement pas un être hostile dont il fallait se protéger.

Celle-ci cherchait du regard un endroit où s'installer. Gênée, Hannah finit par lui ouvrir la porte.

– Entrez, on va s'asseoir à l'intérieur.

– Merci.

Dans la lumière fluorescente de la cuisine, l'inconnue paraissait encore plus belle, d'une beauté presque insoutenable, avec ses traits délicats, sa peau soyeuse, ses lèvres charnues, ses yeux… des yeux comme Hannah n'en avait jamais vu. Immenses, en amande, bordés de longs cils, lumineux. En outre, chaque fois qu'elle les regardait, Hannah avait l'impression qu'ils changeaient de couleur, de l'ambre à l'acajou, au vert sapin, au mauve clématite, au bleu de brume. Étonnant.

– Si vous vous souvenez de moi, alors vous devez savoir ce qui m'amène, commença la fille en s'asseyant devant la table, le menton appuyé sur la paume.

Hannah n'eut qu'un mot à dire :

– Thierry.

– Oui. À vous entendre, je me demande si je dois vraiment vous donner davantage de conseils.

Elle possédait également une voix extraordinaire, grave, charmeuse, rauque juste ce qu'il fallait.

– En fait, précisa Hannah, il y a encore beaucoup de choses que je ne sais pas de lui – mais je n'ai besoin de personne pour savoir qu'il est dangereux. Et je lui ai déjà dit de partir.

– Vous avez osé ? Quel courage !

Hannah ne voyait pas ce qu'il y avait de courageux à cela.

– Vous vous rendez compte de sa puissance ? C'est un seigneur du Night World, le premier des nouveaux vampires. Il pourrait en convoquer une centaine d'un claquement de doigts, ainsi que des loups-garous. Sans parler de ses relations avec les sorcières de Las Vegas.

– Quoi ? Je n'aurais pas dû le jeter ? Je me fiche des monstres à sa botte !

– Certes. Décidément, j'admire votre courage.

Les yeux de la fille avaient viré au violet foncé.

– Je tiens toutefois à ce que vous sachiez de quoi il est capable. Il peut se montrer très cruel, très infantile – quand il n'obtient pas ce qu'il veut, il pique des crises de rage.

– Et ça lui arrive souvent... ces crises de rage ?

– Tout le temps, malheureusement.

Je ne te crois pas.

Cette pensée avait traversé l'esprit d'Hannah en un éclair ; elle ne savait pas d'où cela lui venait, mais elle ne pouvait l'ignorer. Quelque chose chez cette fille la dérangeait, quelque chose qui rappelait un caillou graisseux tenu entre les doigts. Cela ressemblait à un mensonge. Elle soutint son regard – qui avait viré à la terre de Sienne.

– Qui êtes-vous ? demanda-t-elle abruptement. Pourquoi vous intéressez-vous tant à moi ? Qu'est-ce que vous faites ici, dans le Montana où j'habite ? Ne me dites pas que c'est une coïncidence.

– Certainement pas. Je suis venue parce que je savais qu'il était sur le point de vous retrouver. Si je m'intéresse à vous, c'est parce que... enfin, je connais Thierry depuis son enfance, avant qu'il ne devienne vampire, et je me sens plus ou moins obligée de l'arrêter. Au fait... je m'appelle Maya.

Elle avait articulé ces derniers mots lentement, dans un petit sourire, en guettant la réaction d'Hannah. Mais ce nom ne signifiait rien pour la jeune fille, qui se demandait plutôt jusqu'à quel point Maya lui mentait.

– Je sais que vous m'avez déjà prévenue contre Thierry, seulement je ne me rappelle pas ses mauvaises actions, juste ce que vous m'avez dit. Je ne sais même pas ce que vous êtes – je veux dire, vous vous réincarnez, comme moi ? Ou alors...

Elle n'acheva pas sa phrase. Elle savait déjà que Maya n'entrait pas dans la norme, sa beauté aérienne, sa grâce surnaturelle la plaçaient au-dessus du genre humain et, si jamais elle prétendait le contraire, Hannah saurait qu'elle mentait.

– Je suis vampire, énonça la fille sans l'ombre d'une hésitation. J'étais un membre de la tribu de Thierry à l'époque où vous viviez dans le clan des Trois Rivières. En fait, c'est moi qui l'ai transformé en vampire. Je n'aurais pas dû ; j'aurais dû me rendre compte qu'il faisait partie de ces êtres incapables de le supporter. Mais j'ignorais que ça allait le rendre fou et qu'il allait devenir... ce qu'il est. J'avoue que je m'en veux, que je me sens responsable. Vous avez d'autres questions ?

– Des centaines. Sur le Night World, sur ce qui m'est arrivé dans mes vies antérieures...

– Je crains de ne pouvoir répondre à la plupart. Il y a des lois qui nous empêchent de parler du Night World – de toute façon, il vaut mieux pour vous que vous n'en sachiez pas trop. Comme pour vos autres vies… vous tenez absolument à savoir tout ce qu'il vous a fait ? C'est trop horrible.

Elle se pencha vers Hannah en la fixant intensément.

– Voyez-vous, le mieux serait d'oublier tout cela, d'envisager un avenir heureux et insouciant.

Exactement ce qu'Hannah avait décidé un peu plus tôt. Alors pourquoi se sentir à ce point irritée ? Elle envisagea plusieurs réponses avant de laisser tomber :

– S'il tient tant à me tuer, pourquoi ne l'a-t-il pas fait la nuit dernière ? Au lieu de me parler.

– Oh, ma pauvre enfant ! Mais parce qu'il veut d'abord que vous l'aimiez ! Ensuite, il vous tuera. Je sais, ça semble fou, particulièrement malsain, mais il est comme ça. Il a l'air de croire que les choses doivent se reproduire ainsi, sur le modèle de la première fois. Il est obsédé.

Hannah ne répondit pas tout de suite. Rien en elle ne s'insurgeait contre d'éventuels mensonges. Et l'idée que Thierry pouvait être obsédé n'avait rien de choquant. Elle finit par lâcher lentement :

– Merci d'être venue me prévenir. Je vous en suis très reconnaissante.

– Mais non ! rétorqua Maya en se levant. À votre place, je ne le serais pas davantage si quelqu'un venait me raconter des choses que je n'ai pas envie d'entendre. Mais un jour, peut-être, vous me remercierez. Cela dit, j'espère que nous n'aurons pas besoin de nous revoir.

Hannah la raccompagna à la porte de derrière, lui ouvrit.

– Il est vraiment fou, insista Maya. Peut-être aurez-vous de nouveaux doutes. Mais il est obsédé, déséquilibré comme n'importe quel harceleur, et il est vraiment capable de tout. Ne vous laissez pas duper.

– Je ne crois pas que je le reverrai jamais, assura Hannah agacée. Il aura donc beaucoup de mal à me duper.

Maya sourit, hocha la tête, puis disparut exactement comme l'avait fait Thierry la veille, en se fondant dans la nuit. Hannah inspecta un instant le paysage immobile puis elle regagna la cuisine et composa le numéro de Paul Winfield.

Elle tomba sur son répondeur.

– Bonsoir, c'est Hannah, j'ai eu votre message à propos d'un autre rendez-vous. J'aurais aimé que ce soit demain. Et...

Elle hésita en se demandant si elle pouvait dire cela puis haussa les épaules. Autant lui donner le temps de se préparer.

– Et j'aimerais faire une autre séance de régression. J'ai plusieurs choses à vérifier.

En raccrochant, elle se sentait déjà mieux. D'une façon ou d'une autre, elle trouverait la vérité.

Le sourire aux lèvres, elle monta dans sa chambre.

Et s'arrêta net sur le seuil.

Thierry l'attendait, assis sur le lit.

– Qu'est-ce que tu fais là ? finit-elle par demander.

En même temps, elle inspectait la pièce pour comprendre comment il avait pu entrer. Les fenêtres étaient fermées. *Il a dû se faufiler pendant que j'étais à la cuisine avec Maya.*

– Il fallait que je te voie, expliqua-t-il.

Il paraissait… bizarre, son regard noir brûlant de l'intérieur, l'expression tendue.

– Je t'avais dit de me laisser tranquille, maugréa-t-elle en essayant de cacher sa peur.

– Je sais et j'ai essayé, mais je ne peux pas, Hannah. Je ne peux pas… ça me rend fou.

Là-dessus, il se leva.

Le cœur battant, elle s'efforça de garder son calme. *Il est rapide,* souffla dans sa tête la petite voix glaciale de la raison. *Inutile de tenter de fuir, il te rattraperait aussitôt.*

– Tu dois comprendre, insistait-il, j'ai besoin de toi. Nous sommes faits l'un pour l'autre. Sans toi, je ne suis rien.

Il s'approcha d'un pas. Maya avait raison, il était déséquilibré.

– Dis que tu comprends, reprit-il en lui tendant la main.

– Je comprends. Mais je veux quand même que tu t'en ailles.

– Impossible. Il n'y a qu'une façon pour nous de nous retrouver.

Entre ses lèvres pointaient maintenant deux crocs qui la firent frémir d'effroi.

– Tu dois rejoindre le Night World, Hannah. Tu dois devenir comme moi. Je te promets, quand ce sera fini, tu seras heureuse.

– Heureuse ? lâcha-t-elle avec révulsion. De devenir un monstre comme toi ? J'étais heureuse avant que tu te manifestes et je le serais encore si tu voulais bien t'éloigner de ma vie...

Arrête de bavarder ! lui criait la voix glaciale. Mais, à bout de nerfs, Hannah ne l'écoutait plus.

– Tu me dégoûtes. Je te déteste. Et je ne pourrai plus jamais t'ai...

Elle n'acheva pas sa phrase. Rapide comme l'éclair, il se planta devant elle et l'empoigna.

9

– Tu vas changer d'avis, dit Thierry.

Et ce fut le chaos. L'attrapant par les cheveux, il lui penchait la tête sur le côté pour mieux dégager son cou, tout en lui bloquant les bras contre le corps. Hannah eut beau se débattre, lutter de toute son énergie, elle ne pouvait rien contre lui. Il était d'une force inouïe.

Elle sentit son haleine chaude contre sa peau… puis la pointe aiguë de ses dents.

– Ne résiste pas, souffla-t-il. Tu ne fais qu'empirer les choses.

Hannah résista. Et ce fut douloureux. Rien de plus éprouvant que de sentir son sang aspiré malgré elle. Elle avait l'impression qu'il emportait son âme, dans une brûlure qui lui irradiait la gorge, l'épaule et le bras. Au point de lui brouiller la vue, de lui faire perdre l'équilibre.

– Je te… déteste ! cria-t-elle encore.

Elle essayait d'atteindre son esprit mais ne fit que se heurter à un rempart infranchissable.

Oublie, lui dit la voix glaciale. *Et ne t'évanouis pas : tu dois rester consciente. Pense à ta chambre. Il te faut du bois, une arme. Où... ?*

Le bureau.

À cet instant, la pression de Thierry changea car il voulait la forcer à se tourner vers lui, sans relâcher son étreinte de fer. Elle ignorait ce qu'il faisait de son autre bras lorsqu'il reprit la parole :

– Je dois te donner quelque chose en compensation de ce que je t'ai pris.

Alors l'autre poignet vint s'appuyer sur la bouche d'Hannah. Elle ne comprit pas tout de suite tant la douleur l'étourdissait encore, jusqu'à ce qu'elle sente un liquide chaud lui couler dans la gorge, un liquide au goût étrange et fort.

Oh non ! Son sang ! Tu bois du sang de vampire !

Elle essaya de ne pas avaler mais le liquide n'en finissait pas de couler. Cela n'avait pas du tout un goût de sang. C'était presque sucré, sauvage et cela brûlait un peu – en même temps, elle sentait la transformation s'opérer en elle.

Il faut empêcher ça immédiatement, ordonna la voix glaciale.

D'un mouvement violent qui faillit lui démettre l'épaule, elle parvint à se libérer un bras. La lutte reprit de plus belle, non parce qu'elle tentait de lui échapper mais parce qu'elle voulait détourner son attention pendant qu'elle cherchait à tâtons sur le bureau.

Je ne le trouve pas. Elle marcha sur le pied de Thierry pour le distraire, l'entendit gronder, le sentit la secouer, ce qui ne l'empêcha pas de tâtonner sur le bureau, jusqu'à ce qu'elle tombe sur un objet de bois léger à l'embout pointu : un crayon.

À moitié suffoquée par le sang, elle l'empoigna.

Maintenant, réfléchis. Visualise sa main. Représente-toi le crayon en train de s'y enfoncer. Vas-y, frappe !

Soulevant le bras, elle prit son élan et, de toute son énergie, cloua la pointe dans le dos de la main de Thierry.

Un cri de souffrance ulcérée retentit – en même temps qu'elle ressentait une douleur aiguë. Le crayon avait traversé la paume pour venir lui piquer la joue.

Sans s'arrêter sur sa douleur, elle profita du trouble de Thierry pour lui balancer un coup de pied dans le menton et se libérer comme il tombait en arrière.

Le bureau ! Il te faut une autre arme !

Aussitôt, elle ramassa une poignée de crayons et de stylos. Une chance qu'elle en perde tout le temps, elle avait pris l'habitude de faire de grandes réserves. Elle se mit à les lancer comme des flèches tout en s'appuyant le dos au mur.

– Le prochain te va droit dans le cœur ! cria-t-elle en brandissant un crayon comme un poignard.

– Tu me fais mal ! geignit-il.

Avec son visage contorsionné, ses yeux brillants de fureur, elle ne le reconnaissait plus.

– C'est ça, haleta-t-elle. Et si tu t'approches encore de moi, je te tue. Juré. Maintenant, tu dégages de ma maison et de ma vie !

Il la dévisagea en grognant, montrant les crocs comme un fauve.

– Tu vas le regretter, promit-il dans une rage quasi enfantine. Tous ceux à qui tu le raconteras, je les tuerai. C'est la loi du Night World.

Et il disparut, toujours dans ce même mouvement qui le faisait fondre dans le paysage, même si, cette fois, il avait dû traverser la maison pour y parvenir.

Il fallut plusieurs minutes à Hannah pour relâcher son crayon et se détacher du mur. Quand elle y parvint, ce fut pour se précipiter vers le téléphone et appeler Chess. Occupé.

Elle raccrocha, prise de vertige, et se dirigea vers la salle à manger dont elle savait qu'une des fenêtres était fermée par une barre, souvenir des crises de prudence de sa mère ; Hannah la cassa en deux sur son genou puis emporta au garage une des moitiés acérée comme un pieu.

La vieille Ford poussiéreuse y était toujours garée, celle que son père conduisait avant sa mort. Elle n'eut pas de mal à la faire démarrer et prit la direction de la maison de Chess, animée d'un seul désir : ne pas rester seule.

Des taches grises dansaient devant ses yeux et elle ne pouvait s'empêcher d'imaginer toutes ces choses qui risquaient de lui sauter dessus le long de la prairie.

Reste éveillée, répétait-elle en se mordant la langue jusqu'au sang. *Là ! Voici la maison. Tu vois la lumière. C'est juste là que tu dois te rendre.*

Elle accéléra et tout devint gris.

*
* *

Thierry parcourut du regard le hall de l'hôtel avant de jeter un coup d'œil à sa montre. Il faisait cela toutes les cinq minutes depuis une douzaine d'heures et ses nerfs commençaient à bouillir.

Il n'aimait pas laisser Hannah seule. Certes, la bague allait la protéger quand elle s'éloignerait de la maison, et l'amulette qu'il avait enterrée dans le jardin protégerait la maison elle-même. C'était une puissante amulette fabriquée pour lui par Mamie Harman en personne, la plus ancienne et la plus puissante des sorcières, l'Aïeule du cercle Vital. Il en avait disposé des fragments tout autour de la maison, afin qu'aucune créature de la nuit ne puisse y pénétrer sans l'invitation expresse d'un de ses habitants.

Néanmoins, il n'aimait pas laisser Hannah seule.

Encore un tout petit peu, se dit-il. Il lui avait fallu presque toute la nuit et toute la journée pour avertir ses gens afin de mettre en place des tours de garde autour de sa maison.

Elle lui avait dit de partir et il avait obtempéré. Pour lui, ses désirs étaient des ordres. Ce qui ne signifiait pas pour autant qu'il ne pouvait pas la faire protéger. L'important étant qu'elle ne se rende pas compte que tant de créatures de la nuit la suivaient dans l'ombre – prêtes à se battre à mort en cas de danger.

Lupe avait raison. Il ne pouvait s'en charger seul. À présent, il devait se fier à d'autres pour veiller sur Hannah.

Il jeta un autre coup d'œil à sa montre. Vingt et une heures. Il en venait presque à perdre foi en

Circé. Pourtant, seule une sorcière de sa puissance pouvait rassembler l'équipement nécessaire à la protection d'Hannah où qu'elle se rende à travers le comté d'Amador.

Alors il attendait. Son regard tomba sur un râtelier où s'alignaient des fusils et il tâcha de penser à autre chose. En vain.

Depuis qu'il avait réveillé Hannah de sa transe hypnotique, il s'efforçait de ne plus évoquer le passé. Néanmoins, il se sentait irrésistiblement entraîné, non seulement par la pensée mais de tout son être, comme s'il y replongeait, y revivait. Comme s'il redevenait le jeune homme niais qu'il avait été...

Il n'était pas le premier des vampires – il n'avait pas cet honneur.

Juste le deuxième.

Il avait vu le jour dans la tribu de Maya et Hellewise, les filles jumelles d'Hécate, la reine des Sorcières, celles qui allaient rester parmi les plus grandes figures de l'histoire du Night World ; Hellewise, Femme de la Terre, fondatrice de la lignée des Harman, qui comptait encore sorciers et sorcières parmi les plus célèbres, et Maya, ancêtre des lamies et des nouveaux vampires.

Évidemment, il n'en savait rien à l'époque.

Il savait juste que c'étaient des filles ravissantes. Hellewise avec ses longues mèches blond cendré et ses yeux bruns. Maya avec sa chevelure noire et ses yeux qui changeaient de couleur comme la lumière sur un glacier. Il aimait autant chacune des deux sœurs.

Ce qui causa sans doute sa perte.

Lui, homme ordinaire, bon guerrier, bon chasseur, habile sculpteur, qui ne rêvait que de visiter le monde. Il avait cru sur parole les ancêtres qui prétendaient que leur tribu avait le pouvoir d'influencer le temps qu'il faisait et de faire sortir les animaux des forêts. N'était-ce pas la tribu sorcière aux pouvoirs extraordinaires ? Il n'en doutait pas un instant.

Comme tout un chacun, il savait que Maya procédait à des expériences dans la forêt, utilisant ses pouvoirs pour tenter de devenir immortelle. Mais cela ne l'inquiétait pas.

J'étais très jeune et très naïf.

Les tentatives de Maya, voilà ce qui avait entraîné la ruine de la tribu. Car elle était prête à payer n'importe quel prix pour y parvenir, au point de devenir un monstre et de porter malheur à tous ses descendants. Sans doute, si Thierry et les autres s'en étaient rendu compte, auraient-ils pu l'arrêter à temps.

Parce que Maya avait finalement découvert le sort qui donnait l'immortalité. L'ennui étant qu'il lui fallait, pour ça, enlever les bébés de la tribu. Ils étaient quatre. Elle les emmena dans la forêt, accomplit le rituel et but leur sang. Thierry et le reste de la tribu trouvèrent par la suite les quatre petits cadavres exsangues.

Hellewise avait pleuré toute la nuit. Thierry, qui ne pouvait comprendre comment la jolie fille qui lui plaisait tant avait pu commettre un acte aussi affreux, pleura lui aussi. Quant à Maya, elle avait complètement disparu.

Cependant, quelques jours plus tard, elle refit son apparition alors que Thierry prenait son tour de garde devant la grotte.

Elle avait changé.

Ce n'était plus la jolie fille qu'il avait connue. Elle était désormais d'une beauté éblouissante. Mais différente. Elle se déplaçait avec la grâce d'un prédateur nocturne et ses yeux reflétaient les flammes du foyer.

Elle était très pâle, ce qui ne l'en rendait que plus belle. Sa bouche, toujours aussi douce, avait pris une teinte rouge sang. Quand elle lui sourit, il découvrit des longs crocs aiguisés.

– Bonsoir, Theorn ! lança-t-elle en l'appelant par son nom d'alors. Je veux te rendre immortel.

Il en éprouva une véritable peur panique.

Il ne savait pas ce qu'elle était devenue – quelque étrange créature aux dents insolites – mais il était certain de ne pas vouloir lui ressembler. Elle vint s'asseoir près de lui, à même la terre.

– Je trouve que ce n'est pas juste de te laisser aller et venir ainsi entre Hellewise et moi. Alors j'ai décidé de résoudre la question. Tu seras mien, maintenant et à jamais.

Là-dessus, elle lui prit la main de ses doigts minces et froids, dotés d'une force incroyable. Il ne put se dégager et ne sut que les regarder bouche bée, comme le niais qu'il était.

Alors qu'il aurait dû se mettre à hurler, pour donner l'alerte et lui échapper, il se laissa fasciner par ce regard de serpent face à un oiseau. Elle était effrayante, malfaisante... mais tellement belle !

Ce fut la première et la dernière fois que Thierry se laissa fasciner par la beauté du mal à l'état pur, mais cela suffit. Il en fut maudit à jamais.

Un instant d'hésitation qu'il allait payer pour l'éternité.

– Ça ne fait pas très mal, assura Maya sans le quitter de ses beaux yeux effrayants. J'ai dû mettre au point certaines choses – dont je n'avais pas idée.

Je croyais qu'il suffirait de boire le sang de nouveau-nés, mais non.

Il en eut la nausée.

– Ce n'est pas pour rien que ces dents ont poussé. Il semblerait que je doive chaque jour boire le sang d'une créature mortelle, sous peine de mourir. C'est un inconvénient mais on peut vivre avec.

– Ô Hécate, sombre Mère... se mit à murmurer Thierry.

– Arrête ! s'écria-t-elle d'un geste agacé. Tu ne vas pas te mettre à prier cette vieille harpie ! Je ne suis plus sorcière. Je suis devenue tout autre. Il me faudrait peut-être trouver une dénomination originale. Chasseresse de la nuit... buveuse-de-sang... je ne sais pas, les possibilités sont infinies. Je vais produire une nouvelle lignée, Theorn, supérieure aux sorcières, plus forte, plus vive – et nous serons éternels. Nous ne mourrons pas, ainsi nous dominerons les autres races. Tu seras le premier que je transformerai.

– Non.

Il croyait encore avoir le choix.

– Si. Je vais avoir un bébé. Pas de toi, malheureusement. Je ne crois pas que tu en sois capable. Et puis je donnerai mon sang à d'autres gens, ainsi que je vais te le donner maintenant. Un jour, le monde entier en sera imprégné. Qu'en penses-tu ?

Les yeux brillants, elle appuya son menton sur sa paume.

– Hellewise t'arrêtera, lâcha Thierry.

– Ma sœur ? Non, je ne crois pas. D'autant que je pourrai m'appuyer sur toi. Elle t'aime bien, tu sais. Ce sera dur pour elle de tuer quelqu'un qu'elle aime tant.

– Elle n'aura pas besoin. C'est moi qui te tuerai.

Maya éclata de rire.

– Toi ? Tu ne te connais donc pas ? Tu n'es pas un tueur, tu n'en as pas les tripes. Ça changera, bien sûr, une fois que je t'aurai donné mon sang. Mais alors, tu ne voudras plus me tuer. Tu te mettras de mon côté et tu en seras heureux. Tu verras.

Elle s'essuya les mains comme si elle venait de conclure une difficile discussion.

– Allons-y, maintenant.

Il était fort, bon guerrier, capable de porter des coups de lance meurtriers. Mais elle était infiniment plus puissante, au point qu'elle n'eut pas de mal à le maîtriser puis à le manipuler comme un bébé ; tout d'abord, elle le bâillonna d'une paume, car même ce garçon trop naïf commençait à se rendre compte qu'il aurait tout intérêt à donner l'alerte.

Sans un bruit, elle parvint à l'entraîner dans les buissons.

– Ça va te faire un peu mal, souffla-t-elle en se juchant sur lui, désormais à terre. En tout cas, tous les animaux que j'ai capturés ont trouvé ça très déplaisant. Mais c'est pour ton bien.

Là-dessus, elle lui ouvrit la gorge.

Ce fut exactement ce qu'il ressentit et il comprit alors à quoi servaient ces longues canines. Comme un lynx, un lion des cavernes ou un loup, elle les utilisait pour déchirer.

Entre deux vagues de douleur, il l'entendit boire.

Cela dura longtemps et, à la fin, il s'avisa qu'il était en train de mourir. Il se consola en songeant que cette atrocité s'achèverait bientôt.

En quoi il se trompait lourdement. Cela ne faisait que commencer.

En levant la tête, Maya lui révéla une bouche sanguinolente, toute beauté disparue ; elle n'était plus que maléfique.

– Maintenant, dit-elle, je vais t'offrir un cadeau qui te soulagera.

Reculant un peu, elle saisit une éclisse de bois dans le feu et sourit. Maya avait toujours été audacieuse. Avec un geste semi-extasié, elle se l'enfonça dans la gorge et fit jaillir son propre sang.

Puis elle se jucha de nouveau sur lui.

Il ne voulait pas avaler ce sang qui lui inondait la bouche, mais tout était trop gris, trop irréel... et lui-même gardait encore quelques réflexes de survie... Le liquide tiède au goût étrange coula dans sa gorge ; cela lui rappela le vin de sureau.

Quand elle eut fini, il comprit avec soulagement qu'il était toujours en train de mourir. Il ignorait seulement que cela n'allait pas durer. Il la sentit l'emporter plus profond dans la forêt mais ne put lui opposer aucune résistance – et tout devint noir.

Lorsqu'il s'éveilla, il était enterré.

Il se hissa sans peine hors de cette tombe peu profonde et se trouva nez à nez avec son frère, Conlan, stupéfait. La tribu l'avait enseveli selon la tradition, dans la terre meuble au fond de la grotte.

Sans lui laisser le temps de hurler, il le prit à la gorge.

Pur instinct animal. Jamais il n'avait été habité d'une telle soif, au point de se sentir à demi noyé et d'en perdre la tête. Il ne réfléchit pas un instant, essayant purement et simplement de labourer le visage de son frère.

Il en fut empêché par une voix qui criait désespérément son nom. Levant la tête, il aperçut Hellewise, ses grands yeux bruns écarquillés et pleins de larmes, la bouche tremblante.

Jamais il n'oublierait l'expression de son visage.

Alors il prit ses jambes à son cou et s'enfuit de la grotte. Derrière lui, retentissaient encore les appels de Hellewise :

– Theorn, je la retiendrai ! Je te le jure !

Par la suite, il comprit que c'était tout ce qu'elle avait à lui offrir. Elle savait que, pour lui, le sort en était jeté, qu'il resterait à jamais ce qu'il était devenu.

À l'époque, il n'existait pas de mot pour désigner cet état, mais il était le premier nouveau vampire. Maya, qui allait mettre au monde un fils, ainsi qu'elle l'avait promis, fut la première des lamies, les vampires d'origine, capables de vieillir et d'avoir des enfants. Et son fils, Red Fern, serait l'ancêtre de la famille Redfern, la plus puissante des familles lamies du Night World.

Alors qu'il s'enfuyait, Thierry ne savait rien de tout cela. Il savait seulement qu'il devait s'éloigner de tous ces gens sous peine de leur faire du mal.

Maya le rattrapa alors qu'il essayait désespérément d'étancher sa soif en buvant dans un ruisseau.

– Tu vas te rendre malade. Il ne faut pas boire ça. Tu as besoin de sang.

Ivre de rage et de haine, Thierry se releva d'un bond :

– Pourquoi pas le tien ?

– Charmant ! s'esclaffa-t-elle. Mais cela ne te suffira pas. Il te faut le sang d'êtres vivants.

Il ne lui faisait pas peur, elle était tellement forte… il n'était pas de taille à l'affronter. Alors il se détourna.

– Tu ne peux pas, insista-t-elle derrière lui. Tu ne peux m'échapper. Je t'ai choisi, Theorn. Tu es à moi maintenant et à jamais. Tu finiras bien par l'admettre.

Thierry marchait droit devant lui et le rire de Maya résonna longtemps dans ses oreilles. Il vécut dans les steppes plusieurs semaines durant, errant à travers la prairie balayée par le vent, plus animal qu'humain. Sa soif permanente le tourmentait sans cesse jusqu'au moment où, s'étant emparé d'un lapin, il le mordit à la gorge ; il portait les mêmes crocs que Maya, longs, sensibles, tranchants. Il s'avéra qu'elle avait raison, seul le sang d'un être vivant pouvait étancher sa soif brûlante.

Il ne capturait pas souvent de proies. Chaque fois qu'il buvait, cela lui rappelait ce qu'il était. Il mourait d'inanition lorsqu'il arriva aux Trois Rivières. Il n'aperçut qu'à la dernière seconde la petite fille qui cueillait des herbes. Jaillissant d'un buisson, il croisa son regard et ce fut le voile noir.

En revenant à lui, il cessa de boire. Quitte à en mourir, il préféra lâcher la fillette et s'enfuir. Les chasseurs ne le trouvèrent que plus tard et le menacèrent de leurs lances comme lui-même l'eût fait. Il s'attendait à mourir dans la seconde qui suivrait, sans savoir, pas plus qu'eux, qu'une créature de son acabit ne mourait pas ainsi.

Alors il aperçut Hana.

10

Dès qu'il la vit, il se sentit évoluer de l'état animal à celui d'humain. Elle lui rappelait Hellewise, ce regard empli de tendre courage, cette même sagesse intemporelle. Si certaines femmes étaient belles de par leurs seuls traits, Hana était belle parce que son âme se reflétait sur son visage.

Face à elle, il se sentit empli de honte. Mais quand elle prit sa défense, intercédant pour lui, il s'emporta.

Il lui résista quand elle voulut le faire sortir de la grotte afin de le renvoyer dans le monde. Ne comprenait-elle donc pas ? Mieux valait pour lui mourir. Tant qu'il restait dans la nature, aucune femme, aucun homme, aucun enfant n'était en sécurité. Face à elle sous le clair de lune, il tremblait de désir, à en perdre l'esprit, et il lui fallut faire appel à toute sa volonté pour ne pas s'emparer d'elle et mordre sa douce gorge.

Quand elle la lui offrit, il faillit en pleurer. Ce n'était pas par sacrifice qu'il refusa et s'en alla, juste parce qu'il ne pouvait faire autrement.

Et là surgirent les chasseurs.

La torture le rendit fou. Tout simplement. Ce n'était pas une excuse pour ce qui se produisit ensuite mais, durant le temps interminable où ils le piquèrent, le transpercèrent, le brûlèrent, il perdit tout contact avec la personne qu'il croyait être. Il devint un animal, aussi féroce que la populace qui le martyrisait.

En tant qu'animal, il ne désirait que deux choses : survivre et frapper ceux qui le frappaient. Et il existait un moyen d'y parvenir.

Toutes ces gorges blanches gavées de sang brun. L'image lui vint lentement à travers la nuée de ses souffrances. Rien ne l'obligeait à rester là et à subir un tel sort. Il était blessé mais il conservait encore un cœur de granit, il pouvait résister, battre ses ennemis qui allaient lui donner leur vie.

Un nouveau coup de lance, il s'empara de la hampe, tira.

L'arme appartenait aux plus grands des chasseurs, celui qui menait les autres. Thierry le cueillit comme il tombait en avant, le renversa au sol. Avant que quiconque n'ait eu le temps de réagir, il visa dans son cou la grosse veine palpitante juste sous la peau.

Tout fut achevé en un instant. Il se mit à boire à larges goulées, prenant de plus en plus de force. Le clan des Trois Rivières le regardait faire dans une terreur muette.

Il se sentit tout de suite mieux.

Il rejeta le cadavre de sa victime, attrapa son voisin.

Alors que plusieurs chasseurs se jetaient sur lui, il les assomma l'un après l'autre, les abattit, un, deux, trois. Il était devenu un tueur des plus efficaces. Le sang lui donnait une force et une rapidité surnaturelles, le rendait vorace. Il était comme un loup au milieu d'une horde d'antilopes – à cette différence près que les membres du clan ne songeaient pas à prendre la fuite. Au lieu de cela, ils continuaient de l'attaquer, de vouloir l'arrêter, et lui continuait de tuer.

Ce fut un massacre. Il les exécuta tous.

Ivre de sang et de gloire, il se réjouissait de sa force bestiale, de pouvoir tuer, se nourrir, se venger, de détruire ceux qui l'avaient blessé. Il voulait ne jamais arrêter.

Il absorbait les dernières gouttes des veines d'une jeune fille lorsque, songeant à voir son visage, il s'aperçut que c'était Hana. Ses grands yeux gris restaient ouverts mais la lumière les avait quittés.

Il l'avait tuée.

Un fulgurant instant, il repassa de l'état animal à celui d'humain pour contempler la seule personne qui ait jamais tenté de l'aider, qui lui ait offert son sang pour le garder en vie.

Alors il vit autour de lui le désastre qu'il avait semé dans la grotte. Ce fut là qu'il comprit la vérité. Il était maudit. Pire que Maya. Il avait commis un crime si monstrueux que jamais il ne saurait en être pardonné. Il était le plus malfaisant des démons, ainsi qu'elle le lui avait promis.

Nul châtiment ne saurait être trop fort pour lui – mais en plus, cela ne changerait rien pour ces gens ni pour cette fille en train de mourir dans ses bras.

Quelque part en lui, une petite voix vint écarter horreur et remords. *Soit ! Tu es malfaisant. Continue, maintenant. Profites-en. Ne regrette rien. C'est ta nature, désormais. Tu dois t'y faire.*

Dans ses bras, la fille poussa un soupir.

Elle était encore consciente, à peine. Les yeux toujours ouverts, elle le regardait… Il en ressentit un choc inouï.

Au centre de ses grands iris gris, dans ses pupilles dilatées comme pour capter un dernier rayon de lumière avant la mort, il se vit lui-même…

Lui-même et la fille marchant ensemble main dans la main à travers les âges. Réunis. Laissant mille paysages derrière eux, mille époques, mais toujours ensemble, joints par un lien invisible.

Il la reconnut, comme si toutes ces époques s'étaient déjà déroulées, comme s'il ne faisait que se les rappeler. Pourtant il savait qu'elles se situaient dans l'avenir, qu'il les contemplait dans le couloir du temps, qu'il voyait ce qui aurait dû être.

Elle était son âme sœur.

Celle qui aurait dû traverser différentes vies avec lui, naître, l'aimer et mourir et renaître. Ils existaient l'un pour l'autre, pour s'entraider à grandir, à s'épanouir, à découvrir, à évoluer. Ils auraient dû vivre tant de vies ensemble.

Et rien de tout cela n'allait se produire. Lui l'immortel – comment pourrait-il mourir et renaître ? Elle qui mourait à cause de lui. Il avait tout détruit, anéanti sa destinée.

Assommé par cette découverte, il demeura longtemps sans bouger. Il ne pouvait pas lui dire « Qu'ai-je fait ? », ni lui demander pardon. Ce serait presque l'insulter. Alors il demeurait là, à la fixer, dans une impression de chute infinie.

Ce fut Hana qui prit la parole.

– *Je te pardonne.*

Rien qu'un murmure qu'il perçut dans son esprit, non pas avec ses oreilles. Il comprit, bien qu'elle ne s'exprimât pas dans la même langue que lui. Il s'apercevait qu'il pouvait communiquer avec elle. Ô Déesse, n'était-ce pas là son unique chance de lui dire au moins qu'il allait expier son acte en versant son propre sang ?

– *Tu ne peux pas me pardonner.*

Il vit qu'elle avait compris sa réponse. Certes, il ne méritait aucun pardon mais, dans un sens, il tenait à ce qu'elle sache qu'il n'avait pas voulu ce massacre.

– *Je n'ai pas toujours été ainsi. Auparavant, j'étais...*

– *Nous n'avons pas le temps,* rétorqua-t-elle.

Elle tentait de s'accrocher à lui mentalement, de l'attirer en elle, de l'entraîner vers un lieu tranquille qui n'appartiendrait qu'à eux. Il sut qu'elle avait vu la même chose que lui, le même couloir de temps. Elle dit doucement, avec une infinie tristesse :

– *Je ne veux pas que tu meures. Mais promets-moi une chose.*

– *Ce que tu voudras.*

– *Promets-moi de ne plus jamais tuer.*

C'était une promesse facile à tenir. Il ne comptait pas vivre... non, elle ne voulait pas qu'il meure. Mais il ne pouvait pas vivre sans elle et certainement pas après ce qu'il venait de faire.

Il s'en inquièterait plus tard, de même qu'il considérerait comment supporter l'interminable avenir qui l'attendait. Pour le moment, il ne songeait qu'à répondre :

– *Je ne tuerai plus jamais.*

Elle lui adressa un imperceptible sourire.

Et mourut.

Ses yeux gris s'éteignirent et s'assombrirent. Dans le vague. Sa peau blanche devint quasi transparente et son corps se figea dans une totale immobilité. Maintenant que son esprit l'avait quittée, elle paraissait plus petite.

Thierry l'étreignit en geignant comme un animal blessé. Il pleurait. Tremblait si fort que c'était à peine s'il pouvait la tenir entre ses bras. Impuissant, transpercé par un amour plus acéré qu'un fer de lance, il ne put que lui dégager le visage des mèches blondes qui s'y étaient collées. Son pouce lui effleura la joue – et y laissa une trace de sang.

Horrifié, il contempla cette tache rouge qu'il venait de laisser sur une peau parfaitement blanche.

Sa caresse l'avait marquée.

Les quelques survivants du clan d'Hana revenaient l'entourer, leurs lances dressées. Ils le sentaient vulnérable à ce moment.

Et il n'eût pas levé le petit doigt pour les arrêter… à cette différence près qu'il venait de faire une promesse à Hana. Il devait rester vivant pour pouvoir la tenir.

Soulevant son corps inanimé, il le porta à l'un des chasseurs qui lui jeta un regard craintif avant de tendre les bras pour la prendre. Après quoi, Thierry quitta la grotte et s'en alla sous le soleil impitoyable.

Il prit la direction de sa demeure.

Maya le rejoignit en route, au milieu des steppes.

– Je t'avais dit comment cela finirait. À présent, oublie cette blonde insipide et viens jouir de la vie avec moi.

Il ne la regarda même pas car Maya lui donnait une seule envie : la tuer… et il ne pouvait plus faire cela.

– Ne me fuis pas ! s'écria-t-elle avec fureur. Je t'ai choisi, Theorn ! Tu ne peux pas m'échapper.

Mais il continua à lui tourner le dos, à marcher d'un pas décidé, sans vraiment se presser, laissant ses imprécations se perdre parmi les murmures des insectes. Cependant, elle le poursuivit de sa voix mentale :

– *Je ne te laisserai pas m'échapper. Tu seras toujours à moi, maintenant et à jamais.*

Thierry avançait si vite qu'en quelques jours il rentra chez lui pour retrouver la personne qu'il cherchait.

Occupée à faire sécher des herbes, Hellewise faillit s'étrangler.

– Je ne vais pas te faire de mal, la prévint-il. J'ai besoin de ton aide.

Il lui demanda un sortilège dédié au sommeil. Il voulait dormir jusqu'à ce qu'Hana renaisse.

– Ce pourrait être dans longtemps, observa-t-elle quand il eut achevé de lui raconter son histoire. Il semblerait que son âme ait été atteinte. Cela pourrait prendre des centaines d'années – peut-être des milliers.

Thierry s'en moquait.

– Et tu pourrais en mourir, ajouta Hellewise. L'être que tu es devenu... je ne sais pas si tu vas te réincarner. Tu pourrais bien mourir.

Il se contenta de hocher la tête. Il ne craignait que deux choses : que Maya le retrouve pendant qu'il dormait et qu'il ne sache pas quand se réveiller.

– Je peux t'aider pour ta deuxième préoccupation, indiqua Hellewise. Tu es lié à elle de toute façon. Vos deux âmes ne font qu'une. Lorsqu'elle renaîtra, des voix de l'autre côté te préviendront.

Elle lui donna une infusion de racines et d'écorces, après quoi il alla dormir.

Pour longtemps.

Il dormit tout au long de l'épique bataille qui s'acheva quand Hellewise chassa Maya et son fils

Red Fern de la tribu des sorcières. Il dormit au commencement du Night World et durant les milliers d'années qui virent l'évolution de l'homme. Lorsque enfin il s'éveilla, le monde n'était plus le même, peuplé de civilisations et de villes. Mais il savait qu'Hana venait de renaître dans l'une d'elles.

Il partit à sa recherche.

Il se fit voyageur, un être perdu, déraciné, mais pas un tueur. Il apprit à boire le sang sans tuer, à trouver des donneurs volontaires au lieu de chasser des proies terrifiées.

Il cherchait dans chaque village qu'il traversait, apprenait à connaître le monde qui l'entourait, vivant de peu, examinant tous les visages qu'il croisait. Nombre de communautés eussent été heureuses d'adopter ce grand jeune homme aux vêtements poussiéreux et au regard lointain. Mais lui ne restait que le temps de s'assurer qu'Hana n'était pas là.

Il finit par la retrouver en Égypte, le pays des Deux Terres. Elle avait seize ans et s'appelait Ha-nahkt.

Thierry l'eût reconnue entre toutes, car elle était toujours grande, toujours blonde aux yeux gris, toujours belle.

À un détail près.

Sur sa joue gauche, là où il avait laissé une trace de son propre sang la nuit de sa mort, demeurait une marque rouge, comme un hématome. Comme une tache sur sa peau parfaite.

Cela représentait une sorte d'empreinte psychique, un souvenir physique de ce qu'il lui était arrivé au cours de sa première vie. Une blessure permanente. Dont il était seul coupable.

Il en fut bouleversé de remords et de honte. Il vit que l'autre fille, Khet, l'amie déjà présente dans la vie antérieure d'Hana, se trouvait encore avec elle. Peut-être valait-il mieux la laisser tranquille, ne même pas essayer de lui parler.

Mais il avait oublié Maya.

Les vampires ne mouraient pas.

La vie réserve parfois de ces surprises... C'était ce à quoi songeait Thierry lorsqu'une silhouette pénétra dans le hall de l'hôtel. Encore à demi plongé dans ses rêves, il s'attendait à voir Circé et ne comprit pas tout de suite. Puis les battements de son cœur s'accélérèrent, ses muscles se tendirent.

C'était Maya.

Voilà plus de cent ans qu'il ne l'avait pas vue. La dernière fois, c'était au Québec, alors qu'Hannah s'appelait Annette.

Et Maya l'avait tuée.

Thierry se leva.

Elle était toujours aussi belle, mais pour lui ce n'était rien d'autre qu'un arc-en-ciel sur une flaque d'essence. Il la haïssait plus que tout au monde.

– Ainsi, tu m'as retrouvé, lâcha-t-il froidement. Je savais que tu finirais par te manifester.

Elle eut un large sourire :

– Je l'ai trouvée elle, d'abord.

Thierry se figea.

– Ton amulette était très puissante, reprit-elle. J'ai dû attendre de la voir seule à la maison, afin qu'elle m'invite à entrer.

Fou d'angoisse, Thierry ne songeait soudain plus qu'à rejoindre Hannah – le plus vite possible.

Comment avait-il pu se montrer si naïf ? Elle était trop innocente ; bien sûr qu'elle allait inviter quelqu'un à entrer chez elle. D'autant qu'elle prenait Maya pour une amie.

La bague aurait dû au moins représenter une mesure de protection contre tout contrôle mental, si toutefois Hannah l'avait portée. Il s'avérait que cela n'avait pas été le cas.

– Que lui as-tu fait ? demanda-t-il très bas.

– Oh ! pas grand-chose. Avant tout, la conversation. Je lui ai indiqué que tu risquais de te monter désagréable si les choses ne se passaient pas à ta façon.

Elle ne le quittait pas des yeux, guettant ses réactions. Mais lui ne broncha pas, soutint son regard. Depuis des milliers d'années qu'elle existait, elle n'avait pas changé d'un pouce, ni mûri, ni vieilli. Elle ne lâchait jamais prise. Sans doute n'en était-elle pas capable.

Il lui arrivait de se dire qu'il ferait mieux de l'attacher à lui par la ceinture et de tomber avec elle dans un puits sans fond, pour débarrasser le monde de ses deux plus anciens vampires et de tous les ennuis que pouvait causer Maya.

Mais il avait fait une promesse à Hannah.

– Peu importe ce que tu lui as dit, asséna-t-il. Tu ne comprends pas. Cette fois c'est différent. Elle se souvient et...

– Et elle te déteste. Je le sais. Pauvre chéri.

Elle eut une moue de compassion et ses iris se teintèrent de bleu paon. Thierry grinça des dents.

– J'ai pris une décision, dit-il. Il faut briser le cycle et je connais le moyen...

Elle ne le laissa pas achever sa phrase :

– Je sais. Tu n'as qu'à renoncer à elle, te rendre à moi...

– Oui, coupa-t-il à son tour, heureux de la surprendre. Du moins pour la première partie. Je vais renoncer à elle.

– Je ne te crois pas. Tu ne peux pas.

– Elle mène une vie heureuse. Et… elle ne tient pas à moi.

Là. C'était difficile à avouer, mais il y était parvenu.

– Elle se souvient de tout, continua-t-il. J'ignore pourquoi mais c'est ainsi. Peut-être tout simplement parce qu'elle est très proche de sa forme originelle. Ses souvenirs doivent remonter plus facilement à la surface. À moins que ça ne provienne de l'hypnose ? Toujours est-il qu'elle ne veut plus me voir.

Bouche bée, Maya le dévisageait de son regard mauve comme le crépuscule ; soudain, celui-ci se porta derrière lui et elle sourit.

– Elle se souvient de tout ? Tu en es certain ?

– Je ne lui ai jamais apporté que souffrance et tristesse. Je pense qu'elle s'en rend compte. Alors je brise le cycle… maintenant.

– Tu vas partir.

– Et toi aussi. Elle ne représente plus une menace pour toi. Si tu attends quelque chose de moi, c'est avec moi qu'il faudra traiter. Essaie de me joindre quand tu voudras à Las Vegas.

Renversant la tête en arrière, elle partit d'un rire mélodieux.

– Pourquoi ne m'as-tu encore jamais dit ça ? Tu m'aurais évité bien des tracas… d'un autre côté, elle avait un sang si délicieux... il aurait été dommage...

Elle s'interrompit comme Thierry la plaquait soudain contre le mur lambrissé du hall. Il avait vite perdu son beau flegme et écumait tellement de rage qu'il ne put poursuivre à haute voix.

– *Que lui as-tu fait ?* cria-t-il de sa voix télépathique en refermant les doigts sur sa gorge. *Hein ? Que lui as-tu fait ?*

Elle se contenta de sourire. En tant que vampire la plus ancienne et la plus puissante, dont tous les autres descendaient, ne serait-ce que par une goutte de son sang, elle ne craignait personne.

– *Moi ? Je n'ai rien fait,* finit-elle par répondre de la même façon. *Je n'en dirais pas autant de toi. Elle semblait très éprouvée par ton agression ; au point qu'elle t'a même planté un crayon dans la main.*

Elle ouvrit une paume pour lui montrer une petite cicatrice ronde et noirâtre.

Le pouvoir de l'illusion, songea-t-il. Maya pouvait apparaître sous la forme qu'elle voulait, talent qui n'appartenait généralement qu'aux loups-garous et aux métamorphes ; et, bien sûr, c'était aussi une sorcière.

– *Elle possède vraiment un esprit extraordinaire,* continua Maya. *Mais elle va bien – vous n'avez pas échangé autant de sang que tu l'avais prévu. Le coup du crayon...*

Des gens s'étaient rassemblés derrière Thierry et des murmures s'élevaient ; ils s'apprêtaient à intervenir, à lui demander de laisser cette fille tranquille. Il les ignora.

– *Écoute,* reprit-il les yeux dans les iris dorés de Maya, *écoute-moi bien parce que je ne vais pas le répéter. Si tu touches encore à Hannah – une seule fois, dans n'importe quelle vie – je te tue.* Je te tue, répéta-t-il à haute voix. Crois-moi, je le ferai.

Après quoi il la relâcha. Il devait aller trouver Hannah. Le plus petit échange de sang avec un vampire pouvait s'avérer dangereux et celui de Maya était le plus puissant du monde. Qui plus est, lui-même avait déjà absorbé un peu du sang d'Hannah cette nuit. Elle devait être terriblement faible... ou en train de se transformer.

Il préférait ne pas y songer.

– *Tu sais très bien que non,* railla la voix mentale de Maya en le suivant jusqu'à la porte. *Tu ne me tueras pas. Pas toi, Thierry le compatissant, Thierry le gentil vampire, Thierry le saint du cercle de l'Aube. Tu n'en es pas capable. Tu ne peux pas tuer.*

Il s'arrêta sur le seuil, se retourna, la regarda dans les yeux.

– On parie ?

Il sortit à grands pas dans la nuit. Maya eut quand même le dernier mot :

– *Et ta promesse ?*

11

Hannah remua.

Elle sentait vaguement que quelque chose n'allait pas. Qu'il lui restait quelque chose à faire. Et puis elle se rappela. La voiture ! Elle devait rester éveillée, garder la voiture sur la route…

Ses paupières se rouvrirent.

La Ford était déjà sur le bas-côté, tournée vers la prairie où ne se dressaient guère d'autres obstacles que des buissons d'armoise et d'amarante, mais aussi de rares figuiers de Barbarie sur l'un desquels le pare-chocs avait fini sa course, tordant le cactus dans un angle invraisemblable.

Au cœur de la nuit tranquille, Hannah regarda autour d'elle et repéra les lumières de la maison de Chess, derrière elle sur la gauche.

Le moteur était coupé ; elle tourna la clef mais n'obtint qu'un hennissement grinçant.

Qu'est-ce que je fais maintenant ? Je continue à pied ?

D'abord prendre conscience de l'état de son corps ; quoi de plus normal que de se sentir dans une forme épouvantable ? Elle avait perdu du sang et avalé Dieu sait quel poison sorti des veines de Thierry.

En fait, elle avait plutôt la tête embrumée de vertiges et de rêves. *J'arrive à marcher. Je vais bien.*

Toujours armée de son pieu, elle sortit et prit la direction de la lumière. C'était à peine si elle sentait le sol herbeux sous ses pieds.

Elle avait parcouru une centaine de mètres quand elle entendit un loup hurler.

Un timbre bien précis – et tellement incongru. Elle s'arrêta net. Un court instant, elle se demanda si les coyotes hurlaient. Mais non, c'était bien un loup, comme ceux qui l'avaient attaquée chez Paul. Et elle n'avait aucun objet en argent sur elle.

Continue de marcher, se dit-elle. Pas besoin de la voix glaciale pour ce genre de conseil.

Bien que dans un état second, elle frémit au souvenir de ces crocs, de ces griffes, de cette férocité. Ce qu'il lui restait d'Hana des Trois Rivières avait une peur viscérale de ces animaux sauvages que l'Hannah Snow du monde civilisé n'approchait jamais.

Agrippant son pieu, elle reprit sa marche.

Le hurlement retentit de nouveau, si proche qu'elle sursauta, scrutant les alentours. Elle avait l'impression de mieux voir dans le noir – se pouvait-il que cela provienne du sang du vampire ? Cependant, elle ne distinguait aucun mouvement dans cette inquiétante désolation.

Indifférentes aux affaires humaines, les étoiles lointaines scintillaient dans le ciel froid. *Je pourrais mourir ici, elles continueraient de briller.* Hannah se sentait toute petite, insignifiante – et très seule.

Soudain, elle perçut un souffle derrière elle.

Curieux. Les hurlements avaient été si retentissants et ce bruit semblait si doux… quoique encore plus terrifiant. Trop voisin – presque familier. Comme un message personnel lui assurant qu'elle n'était pas seule.

Son pieu bien en main, elle fit volte-face malgré la brûlure acide qui lui montait de l'estomac ; elle vendrait cher sa vie. Elle se sentait en communion avec la voix glaciale, le cœur obscur, froid et inflexible.

Une haute silhouette se tenait derrière elle, auréolée des reflets de sa chevelure blond platine.

Thierry.

Hannah leva son pieu.

– Qu'est-ce qu'il y a ? demanda-t-elle. Tu en veux encore ?

Elle put constater, non sans une certaine fierté, que sa voix restait ferme. Éraillée mais ferme. Elle brandit le pieu pour lui montrer à quoi elle songeait en disant « encore ».

– Ça va ? lança Thierry.

Il semblait… changé depuis la dernière fois. Expression différente, regard noir et doux, infiniment triste, lointain.

– Qu'est-ce que ça peut te faire ?

Prise de vertige, elle dut se redresser et s'aperçut qu'il se précipitait vers elle, les bras tendus. Elle fit mine de les taper de son arme, elle-même impressionnée par la rapidité de son réflexe. Son corps se mouvait avec la même agilité que devant les loups-garous, instinctivement, souplement.

J'ai dû me battre dans une autre vie, songea-t-elle. *Ce doit être de là que provient la voix glaciale, tout comme la cristalline vient d'Hana des Trois Rivières.*

– C'est important pour moi, répondit Thierry.

Même s'il ne semblait pas s'attendre à ce qu'elle le croie.

Effectivement, elle se mit à rire. Son vertige mêlé à son instinct corporel produisait ce drôle d'effet. Elle se sentait audacieuse, beaucoup trop sûre d'elle. Une impression sans doute assez proche de l'ivresse.

– Hannah…

Faisant voler le pieu, elle l'empêcha d'approcher.

– Tu délires ? cria-t-elle les larmes aux yeux. Si tu crois que tu peux m'attaquer comme ça et puis revenir en t'excusant… Sûrement pas ! S'il y a jamais eu quelque chose entre nous, c'est fini maintenant. Tu n'auras pas de seconde chance.

Elle vit son visage se tendre. Un muscle de sa mâchoire frémit. Curieusement, pourtant, elle aurait juré voir aussi une larme poindre au coin de son œil.

Ce qui la mit hors d'elle. Comment osait-il prétendre qu'elle le peinait après ce qu'il lui avait fait ?

– Je te déteste ! cracha-t-elle avec une force qui l'étonna elle-même. Je n'ai pas besoin de toi. Et je te le dis pour la troisième fois, fiche le camp de ma vie !

Il avait ouvert la bouche comme pour répondre mais, lorsqu'elle en arriva au « Je n'ai pas besoin de toi », il la referma, détourna les yeux vers la prairie.

– C'est peut-être mieux comme ça, conclut-il d'un ton à peine audible.

– Que tu fiches le camp ?

– Que tu me détestes. Hannah, j'étais justement venu te dire que je m'en allais. Je rentre chez moi. Je ne te dérangerai plus. Et tu as raison : tu n'as pas besoin de moi. Tu peux vivre une longue vie heureuse sans moi.

S'il espérait l'impressionner, c'était raté. Elle ne croyait plus un mot de ce qu'il disait.

– Une dernière chose, ajouta-t-il après une courte hésitation. Avant que je m'en aille, peux-tu me laisser te regarder ? Regarder ton cou. Je veux m'assurer que... que je ne t'ai pas fait de mal quand je t'ai agressée.

Elle partit d'un petit rire rauque.

– Tu me prends pour une débile ? Franchement !

Elle rit encore, avec un rien d'hystérie.

– Le meilleur service que tu puisses me rendre, c'est de partir ! Dégage et ne reviens jamais.

– Promis. Seulement, je m'inquiète pour toi. Je voudrais que tu sois à l'abri...

– Je suis assez grande pour m'occuper de moi. Je peux me passer de ton aide. J'irai tout de suite mieux quand tu seras parti.

Elle sentait de plus en plus sa tête lui tourner mais s'efforça de ne pas le lui montrer. En fait, elle savait parfaitement que les choses empiraient. Les taches grises se multipliaient devant ses yeux. Elle n'allait pas tenir longtemps.

Vite, arriver chez Chess. C'était de la folie de tourner encore le dos à Thierry mais elle n'allait pas non plus s'effondrer à ses pieds.

– Je m'en vais ! lâcha-t-elle avec le plus d'aplomb possible. Et ne me suis pas.

Là-dessus, elle reprit son chemin.

Je ne vais pas tomber dans les pommes, je ne vais pas tomber dans les pommes. Elle balançait son pieu en essayant d'inhaler de longues goulées d'air frais, mais elle avait plutôt l'impression de respirer des touffes d'herbe et c'était maintenant tout le paysage qui se balançait au rythme de sa démarche.

Je ne… vais pas… tomber… Sa vie en dépendait. Le sol avait pris une consistance de caoutchouc dans lequel on s'enfonçait avant de rebondir. Et puis où était la lumière de la maison de Chess ? Bizarrement, Hannah était partie à droite. Elle rebroussa chemin, repartit dans l'autre sens.

Je ne vais pas tomber…

Ses genoux fondirent sous elle. Elle n'avait plus de jambes et son corps s'affaissa lentement vers le sol. Elle essaya d'atténuer la chute avec ses bras, mais tout devint noir, immobile.

Elle ne perdit pas totalement conscience. Elle flottait dans l'obscurité immatérielle alors qu'elle savait très bien qu'elle était à terre ; ce fut là qu'elle repéra une présence.

Vite, le pieu ! Il va te mordre. Il va te tuer.

Mais elle ne pouvait pas bouger. Sa main ne lui obéissait pas.

Elle sentit juste une paume délicate lui dégager le visage de ses cheveux.

Non...

Et puis une caresse sur son cou, des doigts qui effleuraient l'endroit où s'étaient plantés deux crocs dans la soirée, presque des doigts de médecin qui lui tâtaient le pouls. Elle entendit une sorte de soupir de soulagement et le contact disparut.

– Tu vas t'en tirer, conclut Thierry à voix basse.

Il semblait se parler à lui-même, comme s'il était persuadé qu'elle ne l'entendait pas. Il la croyait inconsciente et continua d'un ton morne :

– Du moins si tu ne t'approches pas d'un vampire toute la semaine prochaine.

Était-ce une menace ? Elle ne comprenait pas et se préparait seulement à la douleur d'une nouvelle morsure. Pourtant, elle ne reçut qu'une longue et tendre caresse sur le visage.

Non. Elle avait envie de bouger. De le chasser. Mais ne pouvait pas. *Arrête. Je te déteste !*

La caresse dessina la courbe d'un sourcil, redescendit vers sa tache de naissance. Hannah frissonna intérieurement. Mais déjà la main suivait sa joue puis sa mâchoire, approchait de sa bouche.

La peau était tellement sensible à cet endroit. Les doigts de Thierry traçaient l'extérieur de ses lèvres et le frisson d'Hannah se fit palpitation. Son cœur s'emplit d'amour et de désir.

Je ne vais pas jouer à ça. Je te déteste…

Cependant, une petite voix murmurait dans son esprit, une voix qu'elle n'avait plus entendue depuis longtemps, cristalline, douce et flûtée.

Tu le sens ? Ça ne te rappelle pas quelqu'un d'autre ? Son odeur, son toucher, ça ne te dit rien… ?

Hannah ne savait que penser de ces paroles et ne voulait pas le savoir. Elle voulait juste que Thierry arrête.

Les doigts passèrent sur ses cils, un pouce effleura la peau tendre de ses paupières comme pour les garder fermées. Puis elle sentit qu'il se penchait vers elle.

Non, non, non…

De douces lèvres se posèrent sur son front. Encore une fois, un léger frôlement. Et ce fut tout.

– Au revoir, Hannah, murmura-t-il.

Elle se sentit soulevée de terre dans des bras puissants mais tendres et elle eut de plus en plus de mal à garder ses esprits tant elle se sentait soudain à l'aise, en sécurité. Elle s'efforça seulement d'entrouvrir les yeux.

Elle voulait voir ses mains car elle se disait qu'il ne s'était pas encore écoulé assez de temps pour que la trace du crayon ait déjà disparu.

Mais ses paupières ne voulaient pas se soulever – du moins pas tant qu'elle ne se retrouva pas sur la terre ferme. Là seulement, elle parvint à jeter un coup d'œil.

Pas de blessure.

Cette découverte la brûla, mais il ne lui restait pas assez de force pour le manifester et elle ne put que sombrer à nouveau. De très loin, elle perçut l'écho d'une sonnette.

Et puis une voix douce dans sa tête.

– *Tu n'as plus besoin d'avoir peur. Je m'en vais – et elle aussi.*

– *Ne pars pas. Attends ! J'ai quelque chose à te dire. Je voudrais te demander...*

Mais elle ne sentait que de l'air froid autour d'elle. Alors elle sut qu'il était parti.

Peu après, la porte s'ouvrit et retentit l'exclamation de la mère de Chess. On l'entoura, la secoua en lui parlant.

Plus du tout concernée, Hannah laissa l'obscurité l'emporter.

Ce fut là qu'elle se remit à rêver. Elle était Hana des Trois Rivières et assistait à la fin de sa propre vie.

Elle revit la silhouette brûlée et blessée de Thierry se dresser pour tuer ses tortionnaires. Puis vint son tour et elle ne perçut plus de lui que sa face sauvage, la lueur animale dans son regard fou. Elle sentit sa propre vie la quitter.

Là s'achevait son histoire et s'ouvrait le couloir du temps, tandis que se reconnaissaient les deux âmes sœurs. Vinrent alors le pardon, la promesse.

Et puis des ombres. Hannah dormit paisiblement au cœur de l'ombre, jusqu'au matin.

La première chose qu'elle aperçut en s'éveillant furent deux yeux de chat posés sur elle.

– Comment ça va ? demanda Chess.

Hannah était allongée dans le lit de son amie et le soleil brillait à la fenêtre.

– Je... je ne sais pas trop.

Des images incohérentes flottaient dans sa tête, inaptes à former un véritable tableau.

– On t'a trouvée cette nuit, expliqua Chess. Tu es sortie de la route avec la voiture de ton père, mais tu as réussi à venir jusqu'ici avant de t'évanouir.

– Oh... oui, je me rappelle.

En effet, les pièces du puzzle se rassemblaient soudain. Maya. Thierry. L'agression. La voiture. Encore Thierry. Finalement son rêve. Sa propre voix disant : « Je te pardonne. »

Et voilà qu'il était parti. Rentré chez lui, où que ce soit.

Jamais elle ne s'était sentie aussi déroutée.

– Hannah, qu'est-ce qu'il t'est arrivé ? Tu es malade ? On ne savait pas s'il fallait ou non t'emmener à l'hôpital. Mais tu n'avais pas de fièvre, tu respirais bien, alors maman a dit qu'il fallait te laisser dormir un bon coup.

– Je ne suis pas malade.

Le moment était venu de tout dire à Chess. D'ailleurs, n'était-ce pas pour ça qu'elle s'était précipitée chez elle cette nuit ?

Pourtant maintenant... maintenant, à la lumière du jour, elle n'avait plus envie de lui parler. Non seulement parce que ce serait mettre en danger son amie, face à Thierry ou au Night World en général, mais aussi parce que Hannah n'éprouvait plus le besoin d'en parler ; elle allait désormais se débrouiller seule. Ça ne regardait pas Chess.

D'ailleurs, je ne sais même pas la vérité. Mais ça va changer.

– Hannah, tu m'écoutes ?

– Oui, pardon. Je vais bien ; j'ai eu des vertiges cette nuit, mais là ça va. Je peux téléphoner ?

– Quoi ?

– Il faut que j'appelle Paul – tu sais, mon psychologue. Je dois le voir, très vite.

Levée d'un bond, elle attrapa une chaise pour résister à un nouveau vertige, passa devant Chess qui n'en croyait pas ses yeux.

– Non, dit Paul en tapotant nerveusement sa poche, c'est absolument hors de question !

– Je vous en prie ! Il faut absolument que j'y retourne et, si vous ne m'aidez pas, j'essaierai l'autohypnose. Je me débrouille pas mal avec mes rêves depuis quelque temps.

– C'est. Trop. Dangereux, articula-t-il en s'effondrant dans son siège. Vous vous rappelez ce qu'il s'est passé, la dernière fois ?

Hannah était navrée pour lui, ce qui ne l'empêcha pas d'insister :

– Et si je le fais toute seule, ça ne sera pas encore plus dangereux ? Au moins, si vous m'hypnotisez, vous serez là pour me réveiller, pour me jeter encore un verre d'eau à la figure.

– Ah oui ? maugréa-t-il. Et si ça ne marche pas, cette fois ?

– Je ne sais pas, admit-elle en soutenant son regard. Mais je dois quand même essayer. Je veux connaître la vérité. Sinon, je crois que je vais devenir folle.

Elle n'en rajoutait pas pour l'attendrir. C'était la pure vérité.

Paul poussa un gémissement, attrapa un crayon qu'il se mit à triturer.

– Qu'est-ce que vous cherchez tant à savoir ? En supposant que j'accepte de vous aider...

Elle éprouva un élan de soulagement.

– Je voudrais en savoir plus sur cette femme qui passe son temps à me prévenir. Elle s'appelle Maya. Et puis je veux savoir comment je suis morte dans mes autres vies.

– Génial ! On va bien s'amuser !

– Il le faut !

Elle s'interdit de détourner les yeux bien qu'elle les sente s'emplir de larmes.

– Écoutez, je sais que vous ne comprenez pas. Et je ne peux pas vous expliquer à quel point c'est important pour moi. Mais c'est... important.

Après un silence, Paul reprit :

– C'est bon. Mais seulement parce que j'estime qu'il est moins dangereux pour vous d'être assistée par quelqu'un.

– Merci, murmura-t-elle.

Clignant des paupières, elle déplia une feuille de papier.

– Je vous ai rédigé quelques questions à me poser.

– Super ! Je suis sûr que vous obtiendrez bientôt votre diplôme de psychologie.

Néanmoins, il prit le papier.

Hannah se dirigea vers le divan, s'allongea, ferma les yeux en ordonnant à ses muscles de se détendre.

– Bon, commença Paul d'une voix légèrement tremblante. Maintenant, vous allez imaginer une belle lumière violette…

12

Elle avait seize ans et s'appelait Ha-nahkt. C'était une prêtresse consacrée à la déesse Isis.

Elle portait un fin vêtement de lin qui la couvrait de la taille aux chevilles, mais rien au-dessus de la ceinture à part un large collier d'argent serti de perles d'améthyste, de cornaline, de turquoise et de lapis-lazuli. Deux bracelets d'argent ornaient ses bras et ses poignets.

Elle adorait le matin.

Elle disposa soigneusement son offrande devant la statue de la déesse. Fleurs de lotus, petits gâteaux, bière. Puis, tournée vers le sud elle entonna le chant de l'éveil.

Éveille-toi, Isis, mère des étoiles,
Grande magicienne,
Maîtresse du monde,
Souveraine de ton père,

Plus puissante que les dieux,
Dame des eaux de la vie,
Au cœur ferme,
Isis aux dix mille noms…

Un pas résonna derrière elle, qui l'interrompit et la désarçonna.

– Pardon. Est-ce que je te dérange ?

C'était une femme, une belle femme aux longs cheveux noirs.

– Vous n'avez pas le droit d'entrer ici, rétorqua sèchement Ha-nahkt. Seuls les prêtres et les prêtresses…

Elle s'adoucit en observant l'arrivante de plus près. *Et si c'était une prêtresse ? Il y a quelque chose dans son visage…*

– Je voudrais vous parler, dit celle-ci de sa voix rauque et envoûtante. C'est très important.

Elle sourit et Ha-nahkt en eut froid dans le dos. *Si c'est une prêtresse, je jurerais qu'elle est dédiée à Seth.* Seth, le dieu maléfique, parmi les plus puissants. Ha-nahkt sentait cette puissance se répercuter sur cette femme ; mais fallait-il la croire maléfique pour autant ?

– Je m'appelle Maya. Et ce que j'ai à vous dire pourrait vous sauver la vie.

Ha-nahkt demeura immobile ; elle avait presque envie de s'enfuir, d'aller chercher sa meilleure amie Khet-hetepes. Ou mieux encore, une prêtresse aînée. Mais, quelque part, sa curiosité était piquée. Elle répondit seulement :

– Il ne faut pas m'interrompre en pleine incantation.

– C'est au sujet de l'étranger.

Ha-nahkt en eut le souffle coupé. Un long moment de silence s'ensuivit.

– Je ne sais pas de quoi vous parlez, finit-elle par déclarer d'une voix tremblante.

– Oh si, bien sûr ! L'étranger. Grand, blond, beau... avec ces yeux si noirs. Celui que vous avez rencontré en cachette.

C'était maintenant tout le corps de Ha-nahkt qui tremblait. Elle était prêtresse, consacrée à la déesse. Si quiconque apprenait qu'elle rencontrait un homme...

– Oh, n'ayez pas peur, ma petite ! s'écria Maya en riant. Je ne suis pas là pour vous dénoncer. Bien au contraire. Je veux vous aider.

– Nous nous sommes juste embrassés. Il ne veut pas que je quitte le temple. Il ne va pas rester. Il dit qu'il m'a vue et qu'il voulait me parler...

Maya lui caressa la tête, ce qui la fit reculer instinctivement.

– Rien d'étonnant à cela, commenta-t-elle d'un ton roucoulant. Vous êtes une très jolie fille, avec une chevelure si rare dans cette partie du monde ! Et vous croyez l'aimer, j'imagine.

– Je l'aime ! s'écria vivement Ha-nahkt. Mais je connais mon devoir. Il dit que nous serons réunis dans l'autre monde.

Elle n'alla pas plus loin, se refusant à évoquer les fabuleuses choses qu'elle avait découvertes avec l'étranger, comment ils s'étaient reconnus, comment ils se savaient destinés l'un à l'autre.

– Et vous l'avez cru ? Oh, ma pauvre enfant ! Vous êtes tellement innocente ! Cela doit venir de cette vie recluse dans un temple.

Elle inspecta les alentours du regard avant de revenir sur Ha-nahkt, l'air grave et attristé.

– Je suis navrée d'avoir à vous dire cela, mais cet étranger ne vous aime pas. À vrai dire, c'est l'homme le plus malfaisant qui soit, pas même un homme, un démon qui désire s'emparer de votre *Sa*.

Ô Isis ! songea Ha-nahkt. Le *Sa* était le souffle de vie. Elle avait entendu parler de ces démons qui cherchaient à le voler mais comment croire que l'étranger en était un ? Il semblait si doux, si gentil…

– C'est vrai, ajouta Maya, et vous le savez. Réfléchissez, pourquoi, autrement, voudrait-il goûter votre sang ?

Ha-nahkt se sentit rougir.

– Comment savez-vous... ?

Elle s'interrompit, se mordit la lèvre.

– Vous le rencontriez la nuit au bord du bassin du lotus, quand tout le monde dormait. Vous deviez penser qu'il n'était pas grave de le laisser boire un peu de votre sang. Pas beaucoup, juste un peu. C'était exaltant. Mais je vous dis la vérité : cela va vous faire du mal. Ce démon ne désire que votre mort.

Ainsi poursuivit la voix gutturale et fascinante, évoquant ces démons qui buvaient le sang, ces hommes et ces femmes qui pouvaient se changer en animaux, ce lieu appelé « monde de la nuit », où tous vivaient. La tête de Ha-nahkt commençait à lui tourner.

Et son cœur se brisa.

Littéralement. Elle en sentit les débris chaque fois qu'elle tenta de respirer. Une prêtresse ne pleurait pas, pourtant les larmes coulèrent à travers ses paupières closes.

Comment nier que l'étranger se comportait un peu comme un démon ? Sinon, pourquoi boirait-il du sang ?

Et ces choses qu'elle avait vues avec lui, cette notion de destinée... tout cela ne devait provenir que de sa magie. Il l'avait trompée avec ses sortilèges.

– Croyez-vous, conclut Maya, pouvoir vous rappeler tout cela ?

Ha-nahkt eut un geste d'impuissance. Qu'importait qu'elle se rappelle ou non ? Elle désirait seulement rester seule.

– Regardez-moi !

Surprise, elle commit l'erreur de relever la tête. Maya la fixait de ses iris étranges qui semblaient changer de couleur d'un instant à l'autre et, une fois qu'elle eut capté l'attention de Ha-nahkt, celle-ci ne parvint plus à s'en détacher, comme prise dans un piège.

– Maintenant, énonça Maya avec son regard jaune de crocodile, rappelle-toi tout cela. Et rappelle-toi ceci. Rappelle-toi... comment il te tue.

C'est alors que se produisit le plus étrange des événements.

Soudain, Ha-nahkt crut devenir deux personnes : outre celle qu'elle pensait être, une autre, lointaine, qui paraissait l'observer d'une époque perdue dans l'avenir. À cet instant, Ha-nahkt et son être futur semblaient deux entités différentes.

Maya partie, elle aperçut quelqu'un d'autre entrer dans le temple désert. Une haute silhouette aux cheveux clairs et aux yeux insondables. L'étranger. Il lui souriait, venait vers elle les bras ouverts. Il la saisit de ses mains plus puissantes que celles d'un démon, montra les dents.

Son être futur voyait autre chose : Maya n'avait pas quitté le temple et, soudain, son corps parut se liquéfier, se métamorphoser, comme si deux images se superposaient : au-dessus, celle de l'étranger, au-dessous, celle de Maya.

C'est donc cela. Voilà comment elle s'y est prise.

La voix provenait de son être futur et elle ne comprit pas ce qu'il disait. De toute façon, elle n'eut pas le temps d'y réfléchir car elle ressentit soudain la violente douleur des dents qui la mordaient.

Ô Isis, déesse de la Vie, guide-moi vers l'autre monde...

– Voilà comment elle s'y est prise, souffla Hannah.

Elle s'assit sur le divan. Elle savait qui elle était et, plus encore, qui elle avait été.

Ce fut un nouveau flash révélateur. Elle eut l'impression de se retrouver au bout du couloir du temps, en train d'observer une centaine de versions différentes d'elle-même, chacune légèrement distincte, habillée de vêtements différents, tout en demeurant chaque fois elle-même. Elle s'était appelée Hanje, Anora, Xiana, Nan Haine, Honni, Ian, Annette. Elle avait été guerrière, prêtresse, princesse, esclave. Et, maintenant, elle se sentait posséder la force de tous ses êtres conjugués.

Au bout du couloir, où régnait une brume mauve et bleue, elle crut voir Hana lui sourire avant de se détourner et de partir, sa tâche accomplie.

Hannah poussa un grand soupir.

– Elle s'y est prise à coups d'illusions, conclut-elle sans se rendre vraiment compte qu'elle parlait à haute voix. Maya. Sans doute presque chaque fois. Comment agit-on face à quelqu'un qui n'arrête pas de vous tuer ? Qui ne vous laisse jamais atteindre votre dix-septième anniversaire ? Qui essaie de détruire votre vie, votre cœur… ?

– Vous voulez que je réponde à ça ? interrogea Paul sans la quitter des yeux.

– Par la Déesse… mon Dieu… ce qu'elle doit me détester ! Je ne comprends même pas pourquoi. Sans doute parce qu'elle veut Thierry pour elle toute seule, ou tout simplement parce qu'elle veut faire son malheur. Elle veut qu'il sache que j'ai atrocement peur de lui, que je le déteste. Et elle a réussi. Elle m'en a persuadée. Elle a si bien convaincu mon subconscient que je me suis mise à systématiquement douter de lui.

– S'il y a quoi que ce soit de vrai là-dedans – ce que je n'ai pas l'intention de reconnaître une seconde, parce qu'on me retirerait aussitôt mon droit d'exercer – je peux vous affirmer une chose : elle me paraît très, très dangereuse.

– Comme vous dites.

– Alors pourquoi êtes-vous si contente ?

Hannah éclata de rire. Comment s'expliquer ? Impossible, pourtant elle était plus que contente, enchantée, optimiste, enthousiaste, aux anges.

Thierry n'était pas malfaisant. Une centaine d'autres elle-même le lui confirmait. L'ennemie, le serpent, c'était Maya. Thierry était exactement ce qu'il lui avait dit : une personne qui avait commis une énorme erreur et la payait depuis des millénaires – tout en ne cessant de la rechercher.

Il est doux et gentil. Il m'aime. Et nous sommes destinés l'un à l'autre. Je dois absolument le retrouver.

Cette dernière pensée lui vint comme une autre révélation qui la laissa profondément perplexe : elle ignorait où le retrouver.

Où était-il parti ? Chez lui. Où habitait-il ? Elle ne le savait pas.

Ce pouvait être n'importe où dans le monde.

– Hannah…

– Attendez.

– Écoutez, Hannah, peut-être pourrions-nous travailler là-dessus, en parler, examiner vos impressions…

– Non, chut ! souffla-t-elle en agitant une main. Elle m'a donné un indice. Elle ne l'a pas fait exprès ! Elle a dit qu'il avait des relations avec les sorcières de Las Vegas.

– Mon Dieu… marmonna-t-il effondré. Hannah, où allez-vous ?

– Désolée.

Sur le point de partir, elle fit volte-face, le prit dans ses bras et l'embrassa sur la joue.

– Merci ! Merci de m'avoir si bien aidée. Vous ne pouvez pas imaginer tout ce que vous avez fait pour moi.

– J'ai besoin d'argent.

Chess cligna des yeux, l'interrogea du regard.

– Je sais que ce n'est pas réglo de te dire ça sans t'expliquer pourquoi, insista Hannah, mais je ne peux rien dire. Ce serait dangereux pour toi. Je te demande seulement de me faire confiance.

Les grands yeux verts la contemplèrent longuement. Soudain, Chess se leva.

Assise sur le dessus-de-lit blanc, Hannah attendit. Quelques minutes après, son amie revenait et s'asseyait à côté d'elle.

– Tiens, dit-elle en lui tendant une carte de crédit. Maman a dit que je pouvais l'utiliser pour mes fournitures. Elle comprendra, peut-être...

Hannah lui posa un bras sur l'épaule.

– Merci. Je te rembourserai dès que possible.

D'un seul coup, elle explosa :

– Tu es d'une patience ! À ta place, je hurlerais pour savoir ce qu'il se passe.

– Je suis sur le point de hurler, assura Chess en l'étreignant à son tour. Mais, surtout, je viens avec toi.

Hannah recula. Comment pourrait-elle lui expliquer ? Elle savait qu'en allant à Las Vegas, elle mettait sa propre vie en danger. Déjà, à cause de Maya, ensuite, il y avait le Night World, enfin, sans doute aussi les sorcières qui connaissaient Thierry.

Comment ne pas entraîner Chess dans ce piège ?

– J'ai quelque chose à te confier, dit-elle en sortant une enveloppe de son sac de toile. C'est pour toi et ta mère – au cas où. Si tu n'entends pas parler de moi d'ici à mon anniversaire, alors ouvre-la.

– Ho ! tu m'entends ? Je viens avec toi. Je ne sais pas ce qu'il se passe, mais je ne te laisse pas le gérer toute seule.

– Je ne peux pas t'emmener. Comprends-moi, Chess. Il faut que je me débrouille toute seule. Et puis j'ai besoin de toi ici, pour me couvrir, pour dire à ma mère que je suis chez toi afin qu'elle ne s'inquiète pas, d'accord ?

Elle lui tendit la main en insistant :

– D'accord ?

Chess ferma les yeux, hocha la tête et, soudain, renifla, le menton tremblant.

Hannah l'étreignit à nouveau.

– Merci. Toute la vie, on sera les meilleures amies.

Le lundi matin, au lieu d'aller au lycée, Hannah prit la route de l'aéroport de Billings au volant de la Ford que sa mère avait fait réparer pendant le week-end. Celle-ci la croyait en train de réviser chez Chess.

C'était exaltant, un peu effrayant de prendre l'avion seule, de se rendre dans une ville où elle n'avait jamais mis les pieds. À mesure que le temps passait, elle se répétait : *J'approche, j'approche, j'approche* – en contemplant la bague à la rose noire à son doigt.

Elle l'avait récupérée dans sa corbeille à papier. À présent, elle la tournait à la lumière de façon à voir les pierres noires briller. Son cœur se serra.

Et si je ne le trouve pas ?

Une autre appréhension l'obsédait, même si elle ne voulait pas se l'avouer : et si elle le trouvait mais qu'il ne veuille plus d'elle ? Ne lui avait-elle pas dit une bonne dizaine de fois qu'elle le détestait, qu'il devait lui ficher la paix pour toujours ?

Je préfère ne pas y penser. Ça ne sert à rien. Il faut déjà que je le trouve, après, on verra bien.

L'aéroport de Las Vegas s'avéra étonnamment petit mais rempli de machines à sous. Hannah récupéra son sac de voyage sur le tapis roulant puis sortit, huma l'air chaud du désert en songeant à ce qu'elle allait faire maintenant.

Où trouve-t-on des sorcières ?

Elle l'ignorait. Sans doute pas dans un annuaire de téléphone. Alors elle préféra se fier à sa chance et suivit les autres voyageurs sur le Strip, l'immense boulevard qui traversait la moitié de la ville.

Ce qui constitua une erreur majeure, entraînant une fin d'après-midi et une soirée parmi les plus pénibles de sa vie.

Au début, les choses ne se présentèrent pas trop mal. À la nuit tombante, le Strip apparaissait tapageur, scintillant, avec ses hôtels extravagants. L'un d'eux, le Luxor, avait la forme d'une pyramide noire et on y entrait par un sphinx aux yeux de laser.

Hannah éclata de rire. Qu'en aurait pensé Hanahkt ?

Cependant, toutes ces lumières, tout ce brouhaha lui parurent vite écœurants, quelque peu... malsains. On pouvait à peine se faufiler au milieu de la foule qui s'entassait dans les rues et dans les hôtels. Tout le monde semblait pressé – à part les clients vissés devant leur machine à sous.

Tant... d'avidité, songea-t-elle à la recherche du mot adéquat. Tous ces gens qui voulaient de l'argent vite gagné. Tous ces hôtels qui engloutissaient leurs économies. Un véritable attrape-nigaud. Pourtant, nombre de joueurs semblaient ne même pas pouvoir se permettre de perdre leur mise.

Le cœur lourd, elle regrettait déjà le Montana, ses horizons ouverts, son air pur, ses grands espaces.

Pire que tout, elle ne voyait pas trace d'une sorcière.

Elle interrogea nombre de réceptionnistes et de serveurs mais, quand elle demandait s'il y avait dans cette ville des gens bizarres qui pratiquaient la sorcellerie, on la regardait comme une folle.

Vers vingt et une heures, elle était épuisée, écœurée, bredouille. *Je ne vais jamais les trouver, autrement dit lui non plus.*

Elle se laissa tomber sur un banc à la sortie de l'hôtel Stardust en se demandant que faire. Elle avait mal aux jambes et à la tête. Elle n'avait pas envie de dépenser l'argent de Chess pour une chambre d'hôtel – mais elle avait remarqué des agents de police qui faisaient circuler les gens qui semblaient avoir l'intention de dormir dans la rue.

Qu'est-ce que je suis venue faire ici ? J'aurais mieux fait de passer une annonce : « Recherche Thierry désespérément. » J'aurais dû me douter que ça ne servirait à rien de me déplacer.

Encore plongée dans ses réflexions, elle repéra un garçon dans la foule. Ce n'était pas Thierry, bien sûr, il ne lui ressemblait pas du tout. Sauf sa façon de se déplacer, cette même grâce chaloupée qu'elle avait rencontrée chez lui autant que chez Maya, cette élégance de félin. Et puis ce visage... il était d'une beauté agressive avec ses allures de garçon des rues.

Quand il leva les yeux, elle crut y voir se refléter les néons de l'enseigne du Stardust.

Une créature de la nuit. J'en suis sûre.

Elle se leva d'un bond, passa son sac sur l'épaule et le suivit.

Ce n'était pas facile. Il marchait vite et elle devait faire attention à ne pas percuter un touriste. Il quitta bientôt le Strip pour s'enfoncer dans une rue parallèle.

Là, elle découvrit un monde totalement différent avec ses petits hôtels lépreux, ses bureaux de prêteurs sur gage, son atmosphère pesante, dépressive.

Elle continuait de suivre le garçon sans avoir aucune idée de ce qu'elle allait faire mais elle n'osait pas le lâcher. Il semblait se diriger vers des quartiers de plus en plus malfamés, louches… Les lampadaires s'y faisaient beaucoup plus rares.

Tout d'un coup, il vira sur la gauche, disparut derrière un bureau portant la plaque : DAN / FINANCEMENT DE CAUTIONS. Elle se mit à courir pour essayer de le retrouver et déboucha dans une ruelle sombre. Après une courte hésitation, elle s'avança de quelques pas.

Au troisième, le garçon jaillit de derrière une benne. Il lui faisait face et Hannah capta encore la lueur de ses yeux. Elle demeura immobile tandis qu'il avançait dans sa direction.

– Vous me suivez ou quoi ? demanda-t-il.

On aurait dit que ça l'amusait. Le visage anguleux, le menton pointu, les cheveux noirs en bataille, il n'était pas plus grand qu'elle mais semblait tout en muscles et en nerfs.

Le roublard dans toute sa splendeur, songea-t-elle.

Arrivé à sa hauteur, il la dévisagea des pieds à la tête, l'air tellement lubrique qu'elle en eut la chair de poule.

– Désolée, dit-elle d'un ton faussement tranquille. Oui, je vous suivais. J'ai une question à vous poser. Je cherche quelqu'un.

– Tu l'as trouvé, chérie !

Après un rapide coup d'œil alentour, il la plaqua contre le mur.

13

– Ne résiste pas ! lui souffla-t-il à la figure. Détends-toi, ça sera plus facile pour tout le monde.

Plus que terrifiée, Hannah était furieuse.

– Dans tes rêves, grommela-t-elle en lui balançant un coup de genou dans l'entrejambe.

Elle n'avait pas survécu à Maya et parcouru des milliers de kilomètres pour se faire tuer par un sous-vampire ! Elle sentit bien qu'il essayait de capter son esprit et cela lui rappela la façon dont Maya avait capté le regard de Ha-nahkt. Une espèce d'hypnose, sans doute. Mais elle avait déjà donné. Aussi le coup de genou fut-il suivi d'un coup de tête dans le nez quand le type essaya de se rapprocher de son cou.

Il recula en geignant mais se raccrocha à son bras, l'attira par le poignet et elle comprit soudain ce qu'il voulait faire. Il y avait de belles veines facilement accessibles à cet endroit…

– Ah non ! s'exclama-t-elle.

Elle ignorait comment son corps réagirait si un vampire lui prenait encore du sang. Thierry avait expliqué qu'elle ne risquait rien tant qu'elle les évitait toute la semaine à venir, autrement dit, elle était en danger en ce moment. Elle remarquait à peine les infimes changements opérés en elle : son aptitude à mieux voir dans la nuit, par exemple.

Elle essaya de se dégager et l'entendit suffoquer comme il lâchait prise en regardant sa main. Sa bague.

Pour un peu, elle se serait esclaffée devant l'expression de son visage consterné, épouvanté, incrédule et gêné.

– Qui… qui tu es ? bafouilla-t-il.

La bague ! Mais oui, quelle idiote ! C'était par là qu'il fallait commencer : mentionner Thierry. Si c'était bien un seigneur du Night World, tout le monde devait le connaître. Dans ce cas, plus la peine de passer par les sorcières.

– Je t'ai dit que je cherchais quelqu'un. Il s'appelle Thierry Descouedres. C'est lui qui m'a donné cette bague.

Le roublard poussa une sorte de gémissement puis leva sur elle un regard piteux.

– Je t'ai pas fait mal, au moins ? Je t'ai rien fait.

Plus qu'une question, c'était une imploration.

– Tu n'aurais pas pu, lâcha-t-elle d'un ton suffisant.

Craignant toutefois qu'il ne prenne ses jambes à son cou, elle s'empressa d'ajouter :

– Je ne veux pas te créer d'ennuis. Je cherche Thierry. Tu peux m'aider ?

– Je... je vais t'aider, ouais, d'accord. Mais... ça fait long à pied.

À pied ? Ainsi Thierry se trouvait bien dans les parages. Tout d'un coup, elle eut envie de sauter en l'air.

– Je ne suis pas fatiguée. On y va.

*

* *

La maison était énorme.

Magnifique, un vrai palais.

Le roublard abandonna Hannah à l'entrée de l'allée bordée de palmiers en laissant tomber :

– C'est là.

Et il se fondit dans la nuit. Elle le suivit des yeux un instant puis remonta l'allée en espérant qu'il ne l'avait pas déposée n'importe où, car elle était maintenant si fatiguée qu'elle titubait et que ses pieds semblaient peser des tonnes.

En grimpant les marches qui menaient à la porte d'entrée, elle perdit tous ses doutes. Partout, il y avait des roses noires.

Au-dessus du portail à double battant s'ouvrait un vitrail en arc de cercle représentant la même rose noire à la tige enroulée qui se trouvait sur sa bague. On voyait également cette fleur sous la clef des fenêtres, en guise d'armoiries.

Hannah en eut le cœur battant.

Bon, alors tu sonnes et tu arrêtes de te prendre pour une Cendrillon qui viendrait voir à quoi joue son prince.

Elle sonna et retint son souffle en écoutant le carillon se répercuter dans le lointain.

Je t'en prie, réponds...

Elle entendit des pas. Cette fois, son cœur battait la chamade.

Je n'en reviens pas. C'était si facile...

Cependant, la porte ne s'ouvrit pas sur Thierry mais sur un jeune homme en costume, aux cheveux bruns tirés en catogan, les yeux cachés derrière des lunettes noires. Il faisait vaguement agent de la CIA.

– Euh, je viens pour... je voudrais voir Thierry Descouedres.

Le type ne parut pas s'étonner ; quand il prit la parole, ce ne fut pas d'un ton hostile mais Hannah se sentit flancher.

– Il n'est pas là. Revenez dans quelques jours. Et je vous conseille d'appeler une de ses secrétaires avant de vous déranger.

Il allait fermer la porte quand elle la bloqua d'un pied.

– Attendez ! dit-elle, étonnée de sa propre audace.

Il regarda son pied, remonta vers son visage.

– Oui ?

Il me prend pour une intruse. Facile d'imaginer le nombre de quémandeurs qui pouvaient se presser sur le perron de Thierry, tels des solliciteurs devant un roi. *Sans compter que je dois avoir l'air d'une clocharde.* Elle avait gardé toute la journée ses chaussures poussiéreuses, son jean et sa chemise froissée, humide de transpiration ; elle ne s'était même pas recoiffée.

– Oui ? reprit poliment le garde.

– Je... rien.

Les larmes aux yeux, elle s'en voulait à mort et tâcha de se donner une contenance en se penchant pour ramasser son sac de voyage qui semblait maintenant peser des tonnes.

Jamais elle n'avait été aussi fatiguée, la bouche sèche et cotonneuse, les muscles au bord de la crampe. Elle ne savait même pas où elle allait dormir.

Mais ce n'était pas le problème de son interlocuteur.

– Merci, soupira-t-elle.

Ce fut ce soupir qui la sauva. Quelqu'un traversait le grand vestibule d'entrée et, le temps qu'elle reprenne sa respiration, leurs regards se croisèrent.

– Nilsson, attends !

C'était une fille, mince et bronzée, aux cheveux d'un curieux brun-gris, aux yeux d'ambre. Elle portait quelques hématomes jaunissant sur le visage.

Mais ce fut son expression qui surprit Hannah ; comme si cette fille la reconnaissait. Elle ouvrit la bouche, l'air stupéfaite puis ravie, fit de grands gestes avec les bras.

– C'est elle ! cria-t-elle. C'est elle ! C'est elle !

Cette fois, il considéra Hannah d'une autre façon, sans cacher sa stupéfaction. Quant à elle, elle n'y comprenait plus rien. D'autant qu'il écartait la porte d'un air déférent.

– Je m'appelle Nilsson, mademoiselle. Entrez, je vous prie.

Que je suis bête ! songea-t-elle en repoussant soudain les cheveux de sa marque de naissance. *J'aurais dû lui dire qui j'étais. Mais comment aurais-je pu savoir qu'il allait comprendre ?*

Reprenant la parole, Nilsson se pencha pour ramasser le sac de voyage :

– Je suis désolé, mademoiselle, je ne savais pas... J'espère que vous n'allez pas m'en tenir...

– Personne ne savait que vous alliez venir ! coupa la fille avec une brusquerie des plus sympathiques. Le pire, c'est que Thierry est parti je ne sais où et qu'on ignore tous quand il rentrera. En attendant, vous pouvez quand même vous installer ici. Je n'ose pas penser à ce qu'il nous ferait s'il apprenait qu'on vous a laissée partir. Au fait, je suis Lupe Acevedo.

– Hannah Snow.

– Je sais, dit-elle avec un clin d'œil. Nous nous sommes déjà rencontrées, mais à l'époque je n'ai pas pu me présenter. Vous ne vous rappelez pas ?

Hannah secoua la tête une fois, puis cligna des paupières. Cette couleur brun-gris... ces yeux d'ambre...

– Oui, confirma Lupe ravie. C'était moi. C'est là que j'ai attrapé ces bleus. Mais je ne vous dis pas comment ça s'est terminé pour l'autre loup. Je lui ai arraché les...

– Voulez-vous boire quelque chose ? l'interrompit vivement Nilsson. Ou manger ? Venez donc vous asseoir.

Hannah se sentit prise de vertige. *Cette fille est un loup-garou. La dernière fois que je l'ai vue, elle avait de grandes oreilles et une fourrure épaisse. Ça existe, les loups-garous.*

Et celui-ci m'a protégée.

– Je... merci, balbutia-t-elle. Vous m'avez donc sauvé la vie ?

Lupe haussa les épaules.

– Ça fait partie du boulot. Un Coca ?

Hannah fit oui de la tête en riant :

– Je tuerais pour une cannette.

– Je m'en occupe, dit Nilsson. Je m'occupe de tout. Lupe, si tu la faisais monter ?

Là-dessus, il se détourna en se collant un téléphone portable à l'oreille. Quelques instants plus tard, plusieurs hommes habillés comme lui arrivèrent au pas de course. Curieusement, ils avaient tous l'air très jeunes, moins de vingt ans. Hannah capta quelques bribes de conversation :

– Tiens, essaie ce numéro...

– Et si on laissait un message à...

– Venez ! s'écria Lupe toujours aussi directe. Je crois que vous avez besoin d'un bon bain.

Passant à côté d'une sculpture blanche géante, elle la précéda vers un large escalier. Hannah jeta un coup d'œil aux autres pièces qui donnaient sur le vestibule, un living grand comme un terrain de football, décoré de canapés blancs, de meubles géométriques et de peintures abstraites. Une salle à manger avec une table d'un kilomètre de long. Une salle de musique où trônait un piano à queue.

Hannah se sentait plus que jamais dans la peau de Cendrillon. Personne, à Medicine Rock, ne possédait de piano à queue.

Je ne savais pas qu'il était aussi riche. Je me demande si je vais m'y faire...

Pourtant, quand elle se trouva installée dans une espèce de bain turc fantaisie, entourée de plantes vertes, de marbre, de colonnes et de lampes de cuivre incrusté d'étoiles, elle conclut qu'elle finirait peut-être par s'y habituer. Si on insistait un peu...

C'était le paradis de se reposer dans ce Jacuzzi en buvant un Coca et en humant les senteurs délicieuses des sels de bain. Et ce le fut encore plus de s'asseoir ensuite dans un lit pour y manger les délicats sandwiches confectionnés à la hâte par le « chef », tout en racontant à Lupe pourquoi elle avait décidé de venir à Las Vegas.

Quand elle eut terminé son récit, Lupe indiqua :

– Nilsson et les autres essaient de trouver Thierry. Ça pourrait prendre un petit moment. Il est passé ici quelques minutes samedi et il a disparu de nouveau. En attendant, la maison est très bien protégée. Nous saurons tous vous défendre, à mort s'il le faut. Vous êtes ici plus en sécurité que nulle part ailleurs.

L'estomac d'Hannah se serra. Elle ne comprenait pas. Son interlocutrice avait l'air de parler d'un château fort en état de siège.

– En sécurité par rapport à quoi… ?

Lupe parut surprise :

– Par rapport à elle. Maya.

Elle avait dit cela comme s'il s'agissait d'une évidence. *J'aurais dû m'en douter,* songea de nouveau Hannah.

– Vous croyez qu'elle me menace encore ?

– Certainement, répondit Lupe en haussant les sourcils. Elle va tenter de vous tuer. Elle est très douée pour ça.

Surtout quand elle s'en prend à moi. Mais Hannah était trop fatiguée pour avoir vraiment peur et préférait faire confiance à Lupe, à Nilsson et au reste de la maisonnée. Elle s'endormit dès que sa tête toucha l'oreiller.

En s'éveillant, elle vit que le soleil brillait, illuminait les murs de la chambre à la délicate teinte bronze doré. *Étrange mais magnifique,* songea-t-elle en examinant les meubles d'ébène et les masques tribaux. Puis elle se rappela qui elle était et sauta hors du lit.

Des vêtements propres – à sa taille – l'attendaient sur un coffre sculpté. Elle finissait de les enfiler quand Lupe frappa à la porte.

– Vous l'avez trouvé ? demanda aussitôt Hannah.

– Non, pas encore.

Elle sourit en s'efforçant de n'avoir pas l'air trop déçue.

– Je sais, souffla Lupe avec un sourire compatissant. Cela dit, en attendant, je pourrais vous présenter des gens. Voyez-vous, ils sont un peu... spéciaux, et personne n'est au courant de leur présence ici. Mais je leur ai parlé hier soir et ils sont tous d'accord pour vous rencontrer.

Elle avait piqué la curiosité d'Hannah.

– Des gens spéciaux ? Ce sont des humains ou... euh... ?

– Les deux, sourit Lupe. C'est même ce qui les rend si spéciaux.

Tout en parlant, elle précéda Hannah dans l'escalier et à travers des kilomètres de couloirs.

– Ils ont fait quelque chose pour moi : ils m'ont sauvé la vie et celle de ma mère. Voyez-vous, je ne suis pas un loup-garou de pure race. Mon père était humain.

Hannah prit un air surpris.

– Oui. Et c'est contre les lois du Night World, ajouta Lupe. On n'a pas le droit de tomber amoureux d'un humain, encore moins de l'épouser. Les autres loups-garous sont venus une nuit tuer mon père. Ils nous auraient également tuées, ma mère et moi, si Thierry ne nous avait pas emmenées et cachées. Alors maintenant, je suis prête à n'importe quoi pour lui. Je ne serais plus de ce monde sans lui… et le cercle de l'Aube.

Elle s'était arrêtée devant la porte d'une pièce au fond de la maison ; elle l'ouvrit avec un clin d'œil.

– Allez-y. Je suis sûre que ça va bien se passer. Vous êtes tout à fait leur genre.

Hannah ne voyait pas trop ce que cela signifiait et se sentit quelque peu intimidée en franchissant le seuil.

Elle découvrait un petit salon, plus intime que le grand living du devant, avec des meubles d'ocre et de terre de Sienne. Sur un meuble de pin doré se dressait un buffet de petit déjeuner. Cela sentait bon mais elle ne prit pas le temps de s'y arrêter. Dès son entrée, toutes les têtes s'étaient tournées vers elle.

Ils étaient très jeunes, à peu près de son âge. On aurait dit des adolescents normaux, comme on en voyait partout, à cette différence près que la plupart étaient extrêmement beaux.

Derrière elle, la porte se referma. Hannah se faisait l'effet d'une actrice propulsée sur scène avant d'avoir appris son texte.

Une fille se leva de son ottomane pour se précipiter à sa rencontre.

– C'est toi, Hannah ? lança-t-elle chaleureusement.

– Oui.

– Te voilà donc en chair et en os ! C'est génial ! Thierry nous a beaucoup parlé de toi.

Elle lui posa doucement une main sur le bras.

– Tu es ici au cercle de l'Aube, je suis Thea Harman.

Elle était presque aussi grande qu'Hannah avec des cheveux blonds tombant sur les épaules, légèrement plus foncés que les siens, des yeux brun clair pleins de sagesse. Elle la mit tout de suite à l'aise.

– Bonjour, Thea. Lupe m'a parlé du cercle de l'Aube mais je n'ai pas bien compris.

– Au début, c'était un groupe réservé aux sorciers, mais il accepte maintenant les humains, les vampires, les loups-garous et les métamorphes... enfin, tous ceux qui veulent participer à la bonne entente des créatures de la nuit et des humains. Viens, qu'on fasse connaissance, et nous allons tout t'expliquer.

Quelques minutes plus tard, Hannah était installée sur un divan avec un croque-monsieur, et les présentations commencèrent.

– Voici James et Poppy. James est un Redfern par sa mère, ce qui en fait un descendant de Maya.

Ce disant, elle adressa un sourire taquin à l'intéressé.

– Je n'ai pas choisi mes parents, tu peux me croire, dit celui-ci.

Il avait les cheveux châtains et des yeux gris pensifs mais, quand il souriait, on ne pouvait que lui répondre.

– Personne ne les aurait choisis, assura Poppy en lui décochant un coup de coude.

Elle était toute petite mais son visage exprimait une sorte de maturité espiègle. Des boucles cuivrées encadraient son visage et elle avait littéralement les yeux vert émeraude. Hannah lui trouva une beauté d'elfe quasi… inhumaine.

– Ils sont tous les deux des vampires, expliqua Thea.

– Je le suis devenue, intervint Poppy. James m'a transformée parce que j'allais mourir.

– Sinon, à quoi servirait une âme sœur ? intervint celui-ci.

Poppy lui décocha un autre coup de coude en souriant. Visiblement, ces deux-là étaient amoureux.

– Vous êtes… âmes sœurs ? demanda Hannah avec un brin de nostalgie.

Ce fut Thea qui lui répondit :

– Comme tu le vois. On dirait que les créatures de la nuit se cherchent des âmes sœurs humaines. Chez les sorcières, on pense que c'est un pouvoir qui se réveille en nous, un pouvoir en sommeil depuis longtemps… sans doute depuis que Thierry s'est endormi.

Maintenant, Hannah comprenait pourquoi Lupe avait dit qu'elle s'entendrait avec les membres du cercle de l'Aube. Elle en faisait partie.

– Mais c'est fou ! s'exclama-t-elle en tâchant de rassembler ses idées. Je veux dire…

Elle n'arrivait pas à expliquer pourquoi elle trouvait cela si fou, mais elle se rendait compte qu'ils étaient à un tournant du monde, qu'un cycle s'achevait.

– Je sais ce que tu veux dire, intervint Thea en souriant. Et c'est aussi notre avis.

Elle avisa un garçon de haute taille, au visage doux, aux cheveux roux et aux yeux noisette.

– Et voici mon âme sœur, Eric. Il est humain.

– À peine, répondit un garçon à l'autre bout de la salle.

Sans relever, Eric sourit à Hannah.

– Et voici Gillian et David, dit Thea en poursuivant les présentations. Gillian est une cousine éloignée, une sorcière, tandis que David est humain. Là aussi, des âmes sœurs.

Gillian lui parut très menue, avec ses cheveux blonds qui formaient comme un casque de soie et ses yeux violets. David était brun aux yeux sombres, au mince visage bronzé. Ils sourirent ensemble à Hannah.

Thea avait repris son chemin.

– Voici Rashel et Quinn. Elle est humaine et il fut un temps où elle était chasseuse de vampires.

– Je le suis toujours, rétorqua l'intéressée, mais maintenant je ne chasse plus que les mauvais vampires.

Hannah éprouva un sentiment instinctif de respect devant cette grande fille qui semblait si bien contrôler son corps. Elle avait les cheveux noirs et les yeux d'un vert éclatant.

– Et Quinn est un vampire, reprit Thea.

C'était celui qui avait lancé le « à peine » quand on avait dit qu'Eric était humain. Beau garçon, aux traits puissants mais tellement réguliers qu'ils en devenaient presque délicats. Il avait les cheveux aussi noirs que ceux de Rashel et les yeux également noirs. Il décocha un bref sourire à Hannah, un rien agaçant malgré son éclat.

– Quinn est le seul ici qui puisse rivaliser avec toi en matière de passé, ajouta Thea. Il a été transformé en vampire au XVIe siècle par Hunter Redfern.

Il sourit de nouveau.

– Vous avez connu l'Amérique coloniale ? On s'est peut-être rencontrés.

Tout en étudiant son visage, Hannah lui rendit son sourire. Il ne paraissait pas avoir plus de dix-huit ans.

– C'est pour ça que tout le monde ici a l'air si jeune ? demanda-t-elle. Je veux dire, même les membres du personnel, Nilsson et les autres. Ils sont tous vampires ?

– Tous nouveaux vampires, précisa Thea. Les lamies, comme James, peuvent vieillir s'ils le désirent. Mais quand on transforme un humain en vampire, il cesse d'évoluer. Et on ne peut plus opérer cette transformation passé dix-neuf ans... Le corps ne la supporte plus. Il se consume.

Hannah en eut froid dans le dos, comme si elle y voyait une prémonition. Mais avant qu'elle ait pu dire quelque chose, une autre voix intervint :

– À propos de lamies, personne ne me présente ?

Thea se tourna vers la fenêtre.

– Pardon, Ash, mais si tu t'endors tout le temps, il ne faut pas nous en vouloir de t'oublier. Hannah, voici un autre Redfern, un cousin de James, Ash.

Certes, c'était un garçon magnifique, mince, élégant, aux cheveux blond cendré, mais ce furent ses yeux qui stupéfièrent Hannah quand il se leva pour venir tranquillement à sa rencontre.

Comme ceux de Maya, ils changeaient de couleur d'un instant à l'autre. En fait, il lui ressemblait tellement qu'Hannah ne parvint pas tout de suite à prendre la main qu'il lui tendait.

Il a les gènes de Maya, songea-t-elle en le regardant s'étaler sur la causeuse.

– Nous ne sommes évidemment pas les seuls membres du cercle de l'Aube, dit Thea. En fait, nous faisons partie des plus récents et nous venons de tout le pays – Caroline du Nord, Pennsylvanie, Massachusetts... Mais Thierry a fait spécifiquement appel à nous pour témoigner du principe de l'âme sœur et de l'éveil des anciens pouvoirs.

– Ça remonte à la semaine dernière, avant qu'il te retrouve et s'enfuie, expliqua Poppy. Mais on en a discuté sans lui pour voir ce qu'il faudrait faire.

– Dans la mesure de mes possibilités, j'aimerais vous aider, dit Hannah.

Ils en parurent tous contents, mais Thea reprit :

– Réfléchis-y encore. C'est dangereux de nous fréquenter.

– Tout le monde ou presque nous a dans le collimateur, ajouta sans aménité Rashel, la chasseuse de vampires.

– On a tout le Night World contre nous, insista Ash en levant ses yeux changeants de couleur au ciel.

– Contre nous. Tu viens de dire « nous », observa James d'un ton triomphant à l'adresse de son cousin. Cette fois, tu reconnais que tu es des nôtres.

– Comme si j'avais le choix ! rétorqua Ash.

– Toi, Hannah, tu l'as, coupa Thea sérieuse malgré son sourire. Personne ne te demande de te mettre encore plus en danger.

– Au point où...

Hannah n'eut pas le temps d'achever sa phrase. Un bruit de bagarre retentissait à l'extérieur.

14

– Reste là, dit Rashel sans ménagement.

Cependant, Hannah suivit les autres vers l'avant de la maison. Du dehors montaient des grognements et des aboiements féroces, sons qu'elle commençait à bien connaître.

Nilsson et les autres agents de sécurité couraient en tous sens, graves, efficaces, pressés mais pas affolés, l'air de savoir exactement quoi faire.

En revanche, elle ne vit pas Lupe.

Au-dehors, les grondements augmentèrent, pour s'achever sur de brèves plaintes. Il y eut un glapissement puis un bruit de lutte. Après un court silence, monta une clameur qui donna la chair de poule à Hannah, sauvage, menaçante, magnifique. Un hurlement de loup. Deux autres se joignirent au premier et leurs voix s'entremêlèrent sur plusieurs tons. Hannah retint son souffle, frémissant des pieds à la tête. S'ensuivit une longue note parfaitement soutenue, puis ce fut le silence.

– Eh bien ! s'exclama la petite blonde du nom de Gillian.

Hannah se frotta les bras.

Quand la porte d'entrée s'ouvrit, elle s'attendit à découvrir des animaux à quatre pattes, mais il n'en fut rien. Elle vit seulement Lupe et deux garçons échevelés, rouges, grimaçants.

– Ce n'étaient que des éclaireurs, déclara la fille. On les a fait fuir.

– Des éclaireurs de Maya ? demanda Hannah le cœur serré.

Ainsi, c'était vrai, Maya essayait de prendre la maison d'assaut pour parvenir jusqu'à elle.

– Ça ira, assura gentiment Lupe. Mais vous devriez tous rester à l'intérieur aujourd'hui ; vous n'avez qu'à regarder des films ou jouer à des jeux.

Hannah passa la journée à discuter avec les membres du cercle de l'Aube. Plus elle en apprenait sur eux, plus elle les appréciait. Une seule chose la mettait mal à l'aise. Ils semblaient tous s'en remettre à elle – comme s'ils la considéraient comme plus sage qu'eux grâce à ses nombreuses vies. C'était gênant car elle savait qu'ils se trompaient.

Elle s'efforçait seulement de ne pas penser à Thierry… ni à Maya.

Ce qui n'était pas facile. Cette nuit-là, elle traversa plusieurs fois la maison et finit par se poser dans une sorte d'antichambre au premier étage, qui donnait sur l'énorme living.

– Tu n'arrives pas à te détendre ? susurra une voix derrière elle.

Elle se retourna pour découvrir Ash, son corps élégant adossé au mur. Dans la semi-obscurité, ses yeux brillaient d'une lueur argentée.

– Pas vraiment, reconnut-elle. Je voudrais juste qu'on retrouve Thierry. J'ai un mauvais pressentiment.

Ash ne répondit pas tout de suite.

– Ouais, finit-il par lâcher, la vie est dure sans son âme sœur, du moins une fois qu'on l'a trouvée.

Hannah lui jeta un coup d'œil intrigué. La façon dont il avait asséné ça… Elle hésita, puis :

– Ce matin, Thea a dit que vous étiez tous ici parce que vous aviez une âme sœur humaine.

Il semblait ne s'intéresser qu'aux portes-fenêtres donnant sur le balcon.

– Oui ?

– Et… enfin…

La sienne est peut-être morte. Je ferais mieux de ne pas en parler…

– Et tu veux savoir où est la mienne, reprit Ash.

– Je ne voudrais pas me montrer indiscrète.

– Non. C'est bon. J'espère qu'elle m'attend. J'ai deux ou trois choses à régler avant de la trouver.

Il n'avait plus rien d'effrayant malgré ses iris qui changeaient. Il semblait... vulnérable.

– Je suis sûre qu'elle t'attend, souffla Hannah. Et je peux te dire qu'elle sera contente de te voir quand tu auras tout réglé. Je sais que je serai contente de voir Thierry...

Il la dévisagea une seconde puis sourit. Il savait se montrer charmant quand il le voulait.

– C'est vrai que ça t'est arrivé à toi aussi, observa-t-il. Et Thierry a fait ce qu'il a pu pour réparer le passé. Voilà des siècles qu'il se donne du mal. Au fond, ça devrait me permettre de garder espoir.

Il avait terminé d'un ton presque sarcastique, mais Hannah capta une étrange lueur dans ses yeux.

– Tu es comme elle, tu sais, reprit-il soudain. Comme mon... comme Mary-Lynette. Vous êtes toutes les deux... sages.

Là-dessus, il se redressa, lui fit un petit signe et regagna le couloir en sifflotant.

Hannah demeura seule dans l'antichambre. Sans trop savoir pourquoi, elle se sentait mieux, plus optimiste.

Je vais finalement pouvoir dormir, cette nuit. Et demain, peut-être que Thierry sera là.

Accrochée à cet espoir, elle ne s'en inquiétait pas moins à l'idée de la façon dont il allait la recevoir.

Et s'il n'avait pas envie de me revoir ?

Arrête ton délire. N'y pense plus. Sors prendre l'air et ensuite au lit.

Par la suite, évidemment, elle s'aviserait qu'elle avait été complètement idiote de vouloir mettre le nez dehors, que cela ne pouvait l'amener qu'à un seul résultat.

Sur le moment pourtant, elle trouvait que c'était une bonne idée. Lupe lui avait conseillé de ne pas toucher aux portes donnant sur l'extérieur – mais les portes-fenêtres n'ouvraient que sur un balcon dominant le jardin.

Il faisait juste assez frais pour profiter agréablement de cette escapade. De sa place, elle voyait derrière la grande étendue de la pelouse, les palmiers éclairés et les fontaines murmurantes. Même si elle n'apercevait personne, elle savait que les hommes de Thierry étaient là, à surveiller les lieux. À la protéger. Elle se sentit rassurée.

Rien n'atteindra cette maison tant qu'ils seront là. Je peux dormir tranquille.

Elle allait rentrer lorsqu'elle entendit un crissement. Cela provenait d'au-dessus. Sur le toit. Elle leva la tête et reçut le choc de sa vie actuelle.

Il y avait une chauve-souris accrochée au rebord.

Une chauve-souris. *Une chauve-souris !*

Énorme. La tête en bas, le corps enveloppé de ses ailes de cuir et ses petits yeux rouges reflétant un réverbère.

En une fraction de seconde, d'étranges pensées s'emparèrent du cerveau d'Hannah. *C'est peut-être une décoration… non, imbécile, elle est vivante. Alors c'est peut-être quelqu'un qui me protège. Et si c'était Thierry… ?*

Cependant, elle savait déjà de quoi il s'agissait et, passé le premier instant de paralysie, dès qu'elle put de nouveau commander son corps, elle prit une longue inspiration pour crier et donner l'alarme.

Elle n'eut pas le loisir d'émettre un son. Dans un bruit de parapluie, la chauve-souris ouvrit soudain ses ailes, déployant une étonnante surface de membrane noire.

En même temps, une sorte d'éclair en nappe parut frapper Hannah, invasion aveuglante d'une pure énergie mentale. Elle vit les étoiles et tout sombra dans l'obscurité.

Ça faisait mal.

Ma tête ! Mon dos.

En fait, elle avait mal partout. Et elle était aveugle ou avait les yeux fermés. Elle essaya de les ouvrir. En vain. Elle se sentait cligner des paupières mais ne voyait toujours rien.

Le noir, total, absolu.

Elle se rendit compte qu'elle n'avait jamais connu de véritable obscurité. Dans sa chambre, il y avait toujours un filet de lumière qui passait au-dessus des rideaux. Dehors, il y avait toujours un clair de lune, des étoiles et, par temps nuageux, le reflet des éclairages humains, même diffus.

Là c'était autre chose. Le noir était quasi solide. Elle avait l'impression de le sentir peser sur son visage et son corps. Elle avait beau écarquiller les yeux, les fixer, elle ne distinguait pas la plus pâle lueur.

On se calme.

C'était difficile. Elle luttait contre une peur instinctive, ancrée dans son cerveau reptilien depuis l'âge de la pierre. Tous les humains paniquent dans le noir complet.

On respire. Là. Maintenant, tu vas te sortir d'ici. Mais chaque chose en son temps. Est-ce que tu es blessée ?

Elle n'en savait rien. Elle dut fermer les yeux pour sentir son propre corps. Ce faisant, elle s'aperçut qu'elle était assise et se tapit instinctivement sur elle-même pour s'abriter de cette obscurité.

Tu n'as pas l'air blessée. Tu vas essayer de te lever. Très lentement.

Ce fut alors que le choc la saisit.

Elle ne pouvait pas se lever.

Elle ne pouvait pas.

Bouger les bras ou les jambes, soit. Mais quand elle essaya de redresser son corps, même pour changer légèrement de position, elle se sentit comme mordue à la taille, maintenue immobile.

Saisie d'épouvante, elle glissa les mains à tâtons sur son ventre et y sentit la texture rêche d'une corde.

Je suis ligotée. Ligotée…

Elle avait le dos coincé contre quelque chose de dur. Un arbre ? Ses mains se posèrent dessus. Non, pas un arbre – trop lisse. Haut et carré. Une sorte de poteau.

La corde semblait plusieurs fois enroulée autour de sa taille, assez serrée pour l'empêcher de respirer confortablement, et nouée loin derrière car ses doigts ne trouvaient aucun nœud.

Inutile d'essayer de la défaire d'aucune façon. Le poteau, quant à lui, semblait profondément enfoncé dans un sol rocailleux.

Je suis seule. Elle entendait sa respiration haletante. *Je suis toute seule… et attachée dans le noir. Je ne peux pas bouger. Je ne peux pas m'en aller.*

C'est Maya qui m'a mise là. Elle va me laisser mourir toute seule dans le noir.

Sur le coup, Hannah perdit la tête et se mit à hurler, mais elle n'entendit que sa propre voix en écho. Elle tenta de tirer sur la corde jusqu'à sentir ses doigts la brûler. Elle gigota dans tous les sens, autant que possible, dans l'espoir de détendre un peu la corde, mais la douleur la fit bientôt arrêter. Cédant finalement à sa peur galopante, elle éclata en sanglots.

Jamais, jamais, jamais elle ne s'était sentie aussi seule et abandonnée.

Puis elle finit par se calmer. Passé le dernier sanglot, elle décida qu'il était temps de réfléchir.

Bon, il faut te reprendre, maintenant, et te débrouiller parce que personne ne peut rien pour toi.

Ce n'était pas la voix glaciale, ni même la cristalline – parce qu'elles faisaient désormais partie d'elle. C'était sa propre voix. Elle avait accepté toutes ses personnalités passées, avec leurs expériences, et tentait d'en tirer le maximum de savoir et de sagesse.

Bon. Fini de pleurer. Maintenant on réfléchit. Comment définir la situation ?

Je ne suis pas dehors, parce qu'il n'y a pas la moindre lumière ; et l'écho de ma voix le confirme. Je suis dans un grand... une grande pièce ou je ne sais quoi. Au plafond haut et au sol de pierre.

Bon. Maintenant, est-ce que tu entends quelque chose ?

Hannah écouta. Difficile de se concentrer sur le silence alentour – sa propre respiration, les battements de son cœur devenaient assourdissants. Elle sentait ses nerfs se tendre, s'effilocher... mais elle tint bon, essayant de fouiller les ténèbres avec ses oreilles.

C'est alors qu'elle l'entendit. Très lointain, comme le goutte-à-goutte d'un robinet.

C'est quoi, ça ? Je me trouve dans une grande pièce obscure au sol de pierre, avec un robinet qui goutte.

Arrête. Concentre-toi. Qu'est-ce que tu sens ?

Elle renifla. Comme cela ne donnait pas de résultat, elle prit de longues inspirations par le nez, sans tenir compte de la brûlure de la corde à sa taille.

Ça sent le renfermé. Le moisi. Le froid.

En fait, il faisait très froid. Jusque-là, son émoi lui avait tenu chaud, mais elle se rendait maintenant compte qu'elle avait les doigts glacés et les membres raidis.

Bon, qu'est-ce que ça nous donne ? Je suis dans une grande pièce réfrigérée au plafond haut et au sol de pierre, humide et qui sent le renfermé.

Une cave ? Une cave sans fenêtres ?

Elle savait que cela ne voulait rien dire. En fait, tout son être sentait des tonnes de pierraille au-dessus de sa tête. Ses oreilles lui confirmèrent que le goutte-à-goutte provenait du suintement de l'eau sur la muraille, dans le lointain. Son nez lui disait qu'elle ne se trouvait pas dans un bâtiment. Et ses doigts sentaient l'irrégularité naturelle du sol sous elle.

Elle ne voulait pas y croire mais la vérité finit bientôt par s'imposer.

Je suis dans une grotte.

Une grotte ou une caverne, en tout cas sous terre, Dieu sait à quelle profondeur. Sans doute très bas puisque je ne vois aucune lumière, pas le plus petit trou d'aération.

Très profondément enterrée.

L'endroit le plus solitaire du monde. Et elle allait y mourir.

Hannah n'était pas claustrophobe, mais elle avait l'impression que cette masse rocheuse allait l'étouffer, l'écraser. Tout cela pouvait s'écrouler. Elle se sentait oppressée, comme si elle avait atteint le fond de l'océan. Sa respiration devint plus difficile.

Il fallait penser à autre chose. Elle refusait de se remettre à pleurer et à hurler. Pire que la mort, l'idée de la folie commençait à la gagner.

Pense à Thierry. Quand il s'apercevra que tu as disparu, il va se mettre à ta recherche. Tu le sais. Et il n'abandonnera pas avant de t'avoir trouvée.

Sauf que je serai peut-être morte à ce moment-là.

Cette fois, avant toute peur, l'idée de mort lui procura une poignante sensation de solitude.

Encore une vie où j'aurai manqué Thierry. C'est tellement dur de croire qu'un jour ça finira par marcher. Pourtant, je le retrouverai dans une autre vie. Et je serai peut-être moins bête, cette fois ; je ne tomberai plus dans les pièges de Maya. Ce sera sans doute plus dur pour lui. Il va devoir vivre cette nouvelle séparation au jour le jour pendant des années. Moi, je ne ferai que dormir pour finir par me réveiller ailleurs. Et puis un jour, il reviendra et je me souviendrai... et on pourra tout recommencer.

J'ai vraiment essayé, cette fois, Thierry. J'ai fait de mon mieux. Je ne voulais pas tout gâcher.

Promets-moi que tu continueras de me chercher.

Promets-moi que tu me trouveras. Je te promets de t'attendre.

Ça prendra le temps qu'il faudra.

Elle ferma les yeux, s'adossa au poteau et, presque inconsciemment, toucha la bague qu'il lui avait donnée. La prochaine fois, peut-être s'en souviendrait-elle.

Toute peur, toute tristesse oubliées, elle ne se sentait plus que très fatiguée.

Les yeux clos, elle sourit faiblement. *Je me fais vieille. Comme dit maman qui se plaint tout le temps. Prête à rendre ce vieux corps et à en prendre un autre…*

Cette idée passa et disparut.

Quel était ce bruit ?

L'oreille tendue, elle se redressa, se pencha en avant autant que le lui permettait la corde. Elle croyait avoir entendu… oui. Ça recommençait. Un bruit se répercutait dans l'obscurité.

Comme des pas. Qui se rapprochaient.

Oui, oui ! Je suis sauvée ! Son cœur battait si fort qu'elle pouvait à peine respirer, alors pour ce qui était de crier… Cependant, quand elle aperçut un rayon de lumière mobile, elle parvint à émettre un râle guttural.

– Thierry ? Je suis là !

La lumière approchait, de même que les pas.

Mais pas de réponse.

– Thierry… ?

Sa voix se cassa. Les pas. La lumière d'une torche électrique qui devenait aveuglante. Elle sentit son cœur se figer, à en devenir dur comme la pierre qui l'entourait.

Et puis la lampe fut braquée sur elle. Elle cligna des yeux tandis qu'une deuxième s'allumait, une petite lanterne de camping. Sa vision lui revint, les images envoyèrent des informations à son cerveau.

Il n'y avait pas de quoi se réjouir. Le corps d'Hannah n'était plus qu'un bloc de glace.

Parce que, bien entendu, ce n'était pas Thierry mais Maya.

15

– J'espère que je ne te dérange pas, dit Maya.

Elle posa la lanterne et une sorte de sac à dos puis se redressa, les mains sur les hanches.

Je ne vais pas pleurer. Je ne vais pas lui donner cette satisfaction.

– J'ignorais que les vampires pouvaient se changer en chauves-souris, dit Hannah.

Maya se mit à rire. Elle était encore très belle dans ce rayon de lumière. Ses longs cheveux noirs tombaient en cascade jusqu'aux hanches, sa peau blanche semblait scintiller dans l'obscurité et ses yeux noirs ne projetaient que le mystère. Mais c'étaient surtout ses lèvres qu'on voyait, rouges et rieuses.

Elle portait un jean de marque et des bottes en serpent à talons aiguilles. Curieusement, c'était la première fois qu'Hannah remarquait les vêtements de Maya. En général, cette femme était tellement superbe qu'on ne songeait pas à regarder ce qu'elle portait.

– Tous les vampires ne savent pas se métamorphoser, rétorqua-t-elle. Mais, en l'occurrence, je ne suis pas comme les autres vampires. Je suis la première, ma chérie. L'authentique. Et je dois dire que je commence à en avoir vraiment assez de toi !

C'est réciproque, songea Hannah.

– Alors si vous me fichiez la paix ? demanda-t-elle. Si vous nous lâchiez un peu, Thierry et moi ?

– Dans ce cas, fillette, ça voudrait dire que j'ai perdu. Et il n'en est pas question. Tu ne comprends pas, ou quoi ? Il faut que je gagne parce que j'ai renoncé à trop de choses dans cette histoire. Je ne me serai pas donné tant de peine pour rien. Je n'ai pas le choix, il faut que je gagne.

Hannah en resta coite.

Elle ne s'attendait pas à une réponse aussi cohérente. Ainsi, Maya avait passé sa vie à essayer de les séparer. Sa longue vie. Ses milliers d'années de vie. Si elle perdait maintenant, cette vie perdrait tout son sens.

– Vous ne savez rien faire d'autre, marmonna Hannah.

– Ça suffit, les discours ! Je sais faire beaucoup d'autres choses, comme tu vas le découvrir. J'en ai assez de m'amuser avec toi, ma jolie.

Hannah ne releva pas la menace, ni le ton faussement affectueux.

– Ça ne servira à rien, répliqua-t-elle étonnée de seulement soutenir une telle conversation. Vous allez me tuer, d'accord, j'ai compris. Mais ce n'est pas pour ça que vous allez récupérer Thierry. Il ne vous en détestera que davantage… et attendra mon retour.

Maya s'agenouilla devant le sac à dos et se mit à fouiller dedans avant de se redresser, un étrange sourire aux lèvres.

– Tu crois ?

– Vous le savez très bien. Sauf si vous le tuez lui aussi.

– Intéressant. Mais ce n'était pas ce que j'avais derrière la tête. Il faut que je le garde vivant. C'est le prix de ma victoire.

Hannah en eut froid dans le dos.

– Dans ce cas, il attendra.

– Sauf si tu ne reviens pas.

Et comment vas-tu t'y prendre ? Oh non ! Elle va me garder vivante ici… ligotée et vivante jusqu'à mes quatre-vingt-dix ans. Cette idée s'accompagna d'une peur suffocante et elle ne put s'empêcher de regarder autour d'elle, d'imaginer ce que ce serait que de passer sa vie dans un tel endroit, froid, obscur, horrible…

Éclatant de rire, Maya s'approcha, s'agenouilla devant elle.

– Tu n'y arriveras pas, on dirait. Je vais t'aider. Regarde donc ceci, Hannah.

Elle plaça en face d'elle un miroir ovale et braqua la torche sur elle. Hannah regarda et en resta le souffle coupé.

C'était son visage... mais pas son visage. La différence tenait à peu de choses – c'était le visage d'Hana, Hana des Trois Rivières. Alors elle comprit.

Sa tache de naissance avait disparu.

Ou... presque. Elle en apercevait encore une trace, quand elle tournait la tête de côté. Mais on ne la voyait pour ainsi dire plus.

Je suis jolie comme ça, songea-t-elle. Il n'y avait là ni vantardise ni humilité, juste la constatation que, sans cette tache, elle paraissait magnifique.

Même à la lumière artificielle d'une torche électrique, elle pouvait dire qu'elle était pâle, qu'elle avait la peau nacrée, presque transparente, que ses yeux semblaient plus grands, plus brillants, que sa bouche avait gagné en douceur et en sensualité. Et qu'il y avait un petit quelque chose dans son visage...

Je ressemble à Poppy, la fille aux cheveux cuivrés. La vampire.

Muette, elle releva la tête vers une Maya tout sourire.

– Oui, j'ai échangé mon sang avec toi en t'amenant ici cette nuit. C'est pour ça que tu as dormi si longtemps – tu ne t'en rends peut-être pas compte, mais c'est l'après-midi, dehors. Et tu es déjà en train de te transformer. Je pense qu'un nouvel échange de sang... tout au plus deux. Mais je ne veux pas précipiter les choses. Je ne peux pas te laisser mourir avant de t'avoir transformée en vampire.

Épouvantée, Hannah dut appuyer la tête contre le poteau pour remettre un peu d'ordre dans ses idées.

– Mais pourquoi ? murmura-t-elle. Pourquoi faire de moi un vampire ?

Maya se releva et retourna vers le sac à dos où elle rangea la glace avant d'en sortir autre chose, un objet qui dépassait depuis le début. Un pieu en bois noir à l'embout bien taillé.

– Les vampires ne reviennent pas, asséna-t-elle.

Soudain les oreilles d'Hannah se mirent à vrombir. Elle déglutit en se demandant si elle n'allait pas s'évanouir.

– Les... vampires ne... ?

– Intéressante observation, non ? Je ne sais pas pourquoi mais c'est comme ça, ils ne se réincarnent pas, même pas les plus anciens. Ils meurent, c'est tout. Je me suis laissé dire que c'était parce qu'ils n'avaient pas d'âme, mais je ne sais pas... Thierry a une âme, d'après toi ?

Tout tournait autour d'Hannah maintenant. Elle n'avait plus rien de solide à quoi se raccrocher.

La mort... elle pouvait encore l'affronter. Mais disparaître à jamais... et si les vampires n'avaient nulle part où aller ensuite ? Si, d'un seul coup, ils n'étaient plus, tout simplement ?

C'était la notion la plus effrayante qu'elle ait jamais affrontée.

– Je ne vous laisserai pas... murmura-t-elle d'une voix cassée. Je ne vous laisserai...

– Mais tu ne peux pas m'arrêter ! Ces cordes sont en chanvre – elles retiennent aussi bien les vampires que les humains. Tu ne peux rien faire, ma pauvre petite. Tu ne peux rien contre moi. Tu vois que j'ai fini par trouver un moyen de briser le cycle.

Abandonnant le sac à dos, elle revint s'agenouiller devant Hannah. Cette fois, ses lèvres rouges s'ouvrirent sur de longs crocs.

Hannah se débattit ; même si elle savait que ça ne servait à rien, elle fit tout ce qu'elle pouvait, résistant de toutes ses forces à Maya. Mais celle-ci était beaucoup plus forte qu'elle et, en quelques secondes, Hannah se retrouva les mains bloquées, la tête renversée de côté pour mieux dégager sa gorge.

Maintenant, elle savait pourquoi Maya l'avait forcée à boire du sang de vampire. Ce n'était pas simplement par cruauté. Cela faisait partie de son objectif.

Tu ne peux pas me faire ça. Non. Tu ne peux pas tuer mon âme...

Elle sentit les dents.

Elle se débattit de nouveau, comme une gazelle dans les mâchoires d'une lionne. Elle ne sentait plus que la douleur de son sang aspiré contre sa volonté, et Maya qui buvait, qui buvait...

Je ne veux pas...

Finalement, la douleur aiguë fit place à un mal plus lancinant tandis que l'esprit d'Hannah s'abrutissait, que son corps s'engourdissait.

Maya l'installa dans une autre position, ramenant sa tête en avant pour approcher la bouche de ses poignets.

Je ne veux pas boire. Je préfère m'étouffer, me noyer. Au moins je mourrai avant d'être devenue vampire...

Cependant, elle s'aperçut qu'il n'était pas facile de se laisser mourir d'asphyxie. Suffocante, elle finit par avaler le sang de Maya, avant de se mettre à tousser et à cracher pour essayer de libérer sa gorge et de trouver un peu d'air.

Maya s'assit sur ses genoux.

– Là, dit-elle un peu essoufflée.

Elle braqua de nouveau la torche sur Hannah.

– Là, conclut-elle avec le ton d'une cuisinière jugeant la cuisson de sa dinde au four. Encore une fois et ça ira. Tu serais déjà vampire si nous n'avions pas perdu tant de temps depuis le dernier échange.

– Thierry vous tuera quand il saura ça.

– Il romprait sa promesse sacrée ? Ça m'étonnerait.

Maya se releva pour retourner vers le sac.

– Bien sûr, tout ceci ne serait pas arrivé s'il n'avait pas rompu sa promesse envers moi, ajouta-t-elle d'un ton presque neutre. Il m'a dit que tu ne viendrais plus te mettre entre nous, mais dès que j'ai le dos tourné, te revoilà, carrément installée chez lui ! Il aurait dû y réfléchir.

Hannah écarquilla les yeux.

– Il ne savait même pas que j'étais là. Maya, vous ne comprenez rien ! Il ne savait pas...

Celle-ci l'interrompit d'un geste.

– Ne t'imagine pas que je vais te croire. C'est trop tard. Bien, maintenant, je vais devoir t'abandonner un certain temps. Je reviendrai ce soir achever ce petit travail. Ne t'inquiète pas, je ne serai pas en retard… après tout, j'ai une date limite à respecter. Demain, c'est ton anniversaire.

– Maya…

Il faut que je l'occupe en la faisant parler. Lui faire comprendre que Thierry n'a pas rompu sa promesse.

Elle essayait de ne pas penser aux questions glaciales qui lui trottaient dans le cerveau. Et si Thierry avait vraiment promis à Maya de vivre avec elle tant qu'Hannah ne s'immiscerait pas entre eux ?

– Pas le temps, rétorqua Maya en pouffant de rire. J'espère que tu ne te sentiras pas trop seule. Au fait, à ta place, je n'essaierais pas de trop remuer ce poteau. C'est une mine d'argent abandonnée, toute cette structure est instable.

– Maya…

– À plus tard.

Elle récupéra le sac à dos et s'en alla sans s'arrêter aux cris d'Hannah, qui finit par se taire.

Elle se retrouvait dans le noir.

Et plus faible encore. Épuisée émotionnellement, vidée de sa vitalité, elle avait mal au cœur, sentait la fièvre l'envahir, la démanger, comme si des milliers d'insectes grouillaient sous sa peau. De plus, elle était seule.

Elle faillit de nouveau céder à la panique. Si elle perdait tout contrôle cette fois, elle passerait un stade et serait folle lorsque Maya reviendrait.

Du temps. Tu as encore du temps. Elle ne reviendra que ce soir, alors garde la tête froide et tâche d'utiliser le temps qu'il te reste.

Mais il fait si noir…

Attends. Elle a pris la lanterne avec elle ? Elle l'a éteinte, mais est-ce qu'elle l'a prise ?

Avec mille précautions, Hannah se mit à chercher à tâtons. Rien. Cela dit, elle ne pouvait pas se pencher trop loin à cause de la corde.

Bon, essaie avec les pieds. Doucement. Si tu l'envoies promener, c'est fini.

Elle tendit une jambe et inspecta le sol avec le pied sans faire de geste brusque. À la troisième tentative, elle heurta un objet qui tomba.

Ça y est ! Maintenant ramène-la vers toi. Doucement. Doucement. Plus près… presque… là, maintenant sur le côté…

Je l'ai ! Hannah se pencha et l'attrapa des deux mains. *Ne la laisse pas tomber… trouve le bouton.*

La lumière fusa.

Hannah embrassa la lanterne, un objet qui marchait sur piles, des plus banals en temps normal, un miracle en l'occurrence.

La lumière changeait tout.

Bon, maintenant regarde autour de toi. Vois ce qui pourrait t'aider. La déception n'en fut que plus grande.

Elle se trouvait dans une caverne aux parois irrégulières, aux blocs rocheux en saillie un peu partout. Une ancienne mine d'argent, avait dit Maya. Sans doute cet endroit était-il dû à une explosion, creusé par les hommes.

Autour d'elle se dressaient d'autres poteaux comme celui auquel elle était attachée. Ils semblaient former une sorte d'échafaudage pour atteindre le plafond, ou pour le retenir… ou les deux. *Et c'est instable.*

Au pire, elle pouvait tenter de tout faire s'écrouler. En espérant que la mort serait rapide.

En attendant, elle continuait d'inspecter les lieux.

Le mur sur sa droite, le seul qu'elle apercevait à la lueur de la lanterne, semblait étonnamment moucheté, presque beau. Ce n'était pas seulement de la roche grise, elle était veinée de quartz rose pâle, presque blanc.

L'argent se loge parfois dans le quartz, songea Hannah. Elle le savait grâce aux amis géologues de sa mère. *Mais ça ne change rien pour moi.* Elle recommençait à s'affoler. Elle avait de la lumière mais à quoi bon ? Elle voyait mais ne trouvait rien qui puisse l'aider.

Il doit bien y avoir quelque chose par ici. Des pierres. J'ai plein de pierres et c'est tout. Elle bougea pour éloigner son pied de celle qui le blessait. *Je pourrai toujours lui jeter des pierres à la figure...*

Pas des pierres. Du quartz.

Elle sursauta, resta un instant sans respirer, comme sous l'emprise d'une décharge électrique.

J'ai du quartz.

D'une main tremblante, elle reposa la lanterne puis attrapa un caillou anguleux non loin d'elle. Un nodule de quartz, du cristal. Au grain fin. Facile à travailler.

Je sais quel outil en tirer.

Elle n'avait jamais fait ça de sa vie, mais Hana des Trois Rivières n'avait pas cessé de s'en servir pour tailler des lames, des grattoirs, des forets... et des haches.

Elle aurait certes préféré du silex : cela se fracturait beaucoup plus régulièrement. Mais déjà, le quartz... *Mes mains savent s'en servir. Bon, on reste calme. D'abord, trouver une pierre qui puisse servir de marteau.*

Ce fut facile. Il y en avait partout autour d'elle. Elle en choisit une un peu arrondie, la soupesa. Parfait.

Les jambes écartées, elle se mit à travailler le quartz pour y couper plusieurs lamelles qui lui permettraient de sectionner la corde. Elles étaient assez irrégulières mais coupantes comme du verre brisé.

Cela lui prit un temps infini, elle dut recommencer deux fois quand les lames se brisèrent. Mais elle était patiente et continua jusqu'à ce qu'elle parvienne à détacher une première longueur de corde, puis une autre pour enfin se libérer complètement.

Et là, elle faillit crier de joie.

Je suis libre ! J'ai réussi ! J'ai réussi !

Elle se leva, toute faiblesse, toute fièvre oubliées, et se mit à danser. Puis elle revint en courant, récupéra sa précieuse lanterne.

Et maintenant, je sors d'ici !

Où était la sortie ?

Il lui fallut quelques secondes pour s'aviser qu'elle n'en savait rien. Elle commença par emprunter la direction où était partie Maya et se perdit bientôt dans un dédale de kilomètres de couloirs parfois si étroits que les murs frôlaient ses épaules, si bas qu'elle devait baisser la tête. La roche était froide – et humide.

Il y avait de nombreux embranchements, mais chacun pouvait aboutir à un cul-de-sac. Ce ne fut qu'en arrivant au bout du couloir principal qu'elle comprit comment Maya s'était introduite dans la mine.

Elle se tenait sous un boyau vertical qui s'élevait à une trentaine de mètres et, au sommet, elle apercevait la lumière rouge du soleil couchant. C'était comme une cheminée géante aux murs trop élargis, trop lisses pour offrir la moindre possibilité d'escalade.

Aucun humain ne pouvait sortir par là. *Il devait y avoir une espèce d'ascenseur quand la mine fonctionnait,* songea Hannah découragée. Se pouvait-il que son triomphe se réduise à cela ?

Elle se mit à crier en contemplant ce ciel inaccessible jusqu'à ce qu'elle en perde ce qui lui restait de voix.

Personne ne viendra à ton secours. Tu dois te débrouiller seule.

Mais je n'ai que ces pierres… Non.

Non, je suis libre maintenant. Je peux reprendre mon chemin, arriver à l'échafaudage.

J'ai des pierres – et du bois.

Elle resta une seconde à réfléchir puis reprit la lanterne qu'elle colla contre sa poitrine, et courut à travers le couloir.

Revenue à sa caverne, elle examina l'échafaudage avec enthousiasme.

Oui, il y a des parties encore utilisables. C'est vieux mais ça fera l'affaire.

Cette fois, elle se fabriqua une lame en se concentrant sur l'embout, qu'elle travailla en pointe dure pour obtenir une sorte de triangle assez lourd et résistant qu'elle tenait bien en main. Hana en eût été fière.

Cette lame lui servit à tailler des morceaux de bois de l'épaisseur de son pouce qu'elle prit dans l'échafaudage. Elle sifflotait non sans vérifier de temps à autre que l'ensemble ne risquait pas de lui tomber sur la tête.

Elle se fabriqua ainsi un bâton de la longueur de son bras, le tailla à l'aide d'une pointe de quartz, l'aiguisa sur un rocher graveleux pour le rendre aussi lisse et pointu que possible.

Enfin, elle put contempler son œuvre achevée.

Elle avait un pieu. Un magnifique pieu.

Et Maya allait avoir une surprise.

Hannah s'assit, éteignit la lanterne pour en économiser les piles, et attendit.

16

Un long moment s'écoula avant qu'Hannah n'entende à nouveau un bruit de pas.

Durant cette attente, elle s'était distraite en sifflotant doucement et en pensant aux gens qu'elle aimait.

Sa mère. Sa mère qui ne devait même pas se poser de questions en ce moment puisqu'elle ignorait tout de son départ. Mais demain elle saurait. Demain, 1er mai, jour de l'anniversaire d'Hannah. Et Chess irait lui remettre la lettre.

Chess, bien sûr. Hannah regrettait de ne pas avoir passé un peu plus de temps à lui dire au revoir, à lui expliquer un peu mieux les choses. Chess aurait adoré. Et elle avait le droit de savoir, n'était-elle pas une Âme Ancienne, elle aussi ?

Paul Winfield. Étrange – elle ne le connaissait que depuis une semaine, pourtant, il avait essayé de l'aider. Actuellement, il en savait davantage sur

Hannah Snow que n'importe qui d'autre dans le Montana.

J'espère qu'il ne va pas se remettre à fumer s'il apprend que je suis morte.

Parce que c'était sans doute ainsi que tout allait se terminer. Hannah ne se faisait aucune illusion. Elle avait une arme, mais Maya aussi ; or celle-ci était beaucoup plus rapide et forte qu'elle.

Hannah ne se racontait pas d'histoires : en aucune façon elle ne pourrait la battre, encore moins maintenant qu'elle se sentait faible et fiévreuse. Le mieux qu'elle puisse espérer serait que Maya l'abatte quand elle était encore humaine.

Elle repensa aux membres du cercle de l'Aube, des personnes attachantes. Dommage qu'elle n'ait pas eu la chance de faire plus ample connaissance avec eux, de les aider. Ils remplissaient une tâche importante, absolument nécessaire.

Et puis elle pensa à Thierry.

Il va sans doute reprendre ses errances. Dommage. Sa vie n'aura pas été très heureuse. Moi qui croyais pouvoir lui ôter cette tristesse des yeux...

Quand elle entendit enfin un bruit, elle commença par se demander si ce n'était pas son imagination qui lui jouait des tours. Elle retint son souffle.

Non. Ce sont des pas. Qui approchent.

Elle vient.

Hannah changea de position. Installée à l'entrée de la caverne, elle s'accroupit, essuya sa paume humide sur son jean afin de mieux tenir son pieu.

Sans doute Maya allait-elle braquer sa torche sur le poteau auquel elle avait attaché sa prisonnière, avancer de quelques pas pour tâcher de voir ce qu'il se passait.

Et là, je lui saute dessus. Je l'attaque par-derrière et je l'embroche par le dos. Il faut juste que je contrôle mon minutage.

Voyant apparaître une lueur dans le couloir, elle se figea, en apnée. Il ne fallait pas que Maya entende quoi que ce soit.

Doucement… doucement…

À mesure que la lumière approchait, son cerveau tiquait davantage. Ce n'était pas le rayon penché d'une lampe torche mais l'éclairage plus diffus d'une lanterne.

Finalement, elle en a apporté une autre. Alors ça voudrait dire…

Maya entra d'un pas rapide, sans ralentir. Elle ne pouvait pas encore éclairer le poteau et cela ne semblait pas la préoccuper – comme si elle ne cherchait même pas à savoir ce que faisait Hannah, tant elle était sûre d'elle.

Hannah jura intérieurement. *Elle va trop loin – elle est hors de portée. Debout !*

Son plan de bataille annihilé, elle se releva, entendit ses genoux craquer avec la violence d'un coup de feu.

Maya ne s'arrêta pas pour autant, filant droit vers le poteau.

Aussi silencieusement que possible, Hannah traversa la caverne. Maya n'avait qu'à se retourner pour la voir. Elle arriva devant le poteau, s'immobilisa, regarda de chaque côté.

Hannah se tenait derrière elle.

Vas-y !

C'était le moment. Il fallait viser sous l'épaule gauche. Ses muscles s'apprêtaient à frapper, à utiliser tout son poids dans l'attaque. Elle savait exactement comment s'y prendre…

Mais elle ne pouvait pas.

Impossible de frapper quelqu'un dans le dos, quelqu'un qui ne la menaçait pas en ce moment précis, qui ne se savait même pas en danger.

– *Mais j'hallucine ! C'est trop débile. Vas-y !*

– *Tu n'es pas un assassin,* rétorqua une autre voix. *Ce n'est même pas de la légitime défense !*

Complètement exaspérée, Hannah poussa un soupir. Humide. Elle pleurait. Son bras s'affaissa, ses muscles s'effondrèrent. Elle ne pouvait pas faire ça.

Maya se retourna lentement.

Toujours belle, toujours malfaisante dans la lumière de sa lanterne. Elle l'examina des pieds à la tête, s'arrêta un instant sur le pieu.

– Quelle drôle de fille ! s'écria-t-elle visiblement surprise. Pourquoi n'as-tu pas frappé ? Tu as été assez maligne pour te libérer et te fabriquer une arme. Pourquoi n'as-tu pas eu les tripes d'achever ton œuvre ?

Hannah se posait exactement la même question, en des termes moins choisis.

Maintenant, je vais mourir. Et peut-être pour de bon – parce que je n'ai pas eu les tripes… Parce que je n'ai pas pu tuer un être complètement malfaisant, parfaitement décidé à me supprimer.

Ce n'est pas moral. C'est nul.

– Je dois sans doute remercier ton éducation au temple égyptien, dit Maya. Et aussi ta vie chez les bouddhistes – t'en souviens-tu ? À moins que tu ne sois trop faible.

Et surtout une victime. J'ai passé deux mille ans dans la peau d'une victime – de ta victime. Je dois connaître mon rôle par cœur, maintenant.

– Enfin, qu'importe, poursuivait Maya. Le résultat sera toujours le même. Allons, finissons-en.

Face à elle, le souffle court, Hannah se sentait comme un lapin pris dans la lumière des phares d'une voiture.

Pourquoi faut-il que certaines personnes soient des victimes ? Tout être a le droit de vivre.

Cependant, elle ne parvenait même plus à remuer un muscle. Elle était trop fatiguée. Tout en elle lui faisait mal, de sa tête migraineuse à ses doigts écorchés, à ses pieds exténués.

Maya souriait, le regard virant du lapis-lazuli au bleu glacier.

– Allez, sois sage maintenant, susurra-t-elle.

Pas envie d'être sage...

Maya tendit ses longs bras vers elle.

– Ne la touche pas ! ordonna Thierry à l'entrée de la caverne.

Hannah tourna la tête, aperçut l'autre lumière et crut un instant qu'elle hallucinait.

Mais non. Il était bien là. Grand, quasi étincelant de courroux, il s'était arrêté, armé de sa propre lanterne, tel un prédateur sur le point de bondir.

Cependant, il se trouvait beaucoup trop loin et Maya réagissait beaucoup trop vite. Dans l'instant où Hannah s'efforçait d'en croire ses yeux, son adversaire se glissait derrière elle d'un pas vif et lui plaquait les mains sur la gorge.

– Reste où tu es, ordonna-t-elle, ou je lui brise son joli cou.

Il suffisait de sentir l'étreinte de fer de ses paumes pour la croire sur parole. Maya n'avait pas besoin d'armes.

Thierry posa la lanterne au sol et montra ses mains vides.

– Je reste, dit-il.

– Et dis à tous ceux qui te suivent de rebrousser chemin. Si j'aperçois un seul homme, je la tue.

Sans se retourner, il cria :

– Revenez sur vos pas. Tous autant que vous êtes. Hannah, ça va ?

Celle-ci ne pouvait même pas hocher la tête. Ce fut à peine si elle parvint à répondre un « oui » éraillé. En revanche, elle pouvait le regarder dans les yeux.

À cet instant, elle sut exactement que toutes ses appréhensions étaient sans fondement. Il l'aimait. Elle n'avait jamais vu autant d'amour et d'inquiétude à son endroit.

Qui plus est, ils se comprenaient l'un l'autre. Ils se passaient de paroles. C'était la fin des malentendus et de la défiance. Pour la première fois, sans doute, depuis sa vie dans la peau d'Hana des Trois Rivières, elle se fiait à lui sans réserve.

Ils étaient sur la même longueur d'onde.

Et ils ne tenaient pas du tout à voir cela s'achever par une mort.

En se détachant des yeux d'Hannah, il s'adressa à Maya :

– C'est fini, maintenant, reconnais-le. J'ai vingt personnes derrière moi et vingt autres à la surface, qui attendent. Mais je te donne ma parole que tu pourras repartir sans crainte si tu laisses sortir d'abord Hannah.

– Avec toi, dit-elle en s'étranglant. On sortira ensemble, Thierry.

Il hocha la tête sans quitter Maya des yeux, tendit la main comme s'il cherchait à calmer un enfant effrayé.

– Laisse-la sortir, insista-t-il doucement.

Maya éclata d'un rire tellement forcé qu'il en donna la chair de poule à Hannah. Il fallait être fou pour rire de cette façon.

– Mais comme ça, je ne gagnerai pas, objecta-t-elle d'un ton presque empressé.

– Tu ne peux pas gagner, de toute façon. Même si tu la tues, elle reviendra bien vivante...

– Pas si je la transforme d'abord en vampire.

– Peu importe, rétorqua Thierry en secouant la tête.

Il parlait toujours d'un ton tranquille mais avec l'autorité d'une totale conviction, une sorte de certitude inébranlable qui captiva Hannah.

– Même si tu la tues, elle sera encore vivante, ici, assura-t-il en se frappant la poitrine. Elle fait partie de moi. Tant que tu ne m'auras pas tué, moi, tu ne pourras pas vraiment la tuer. Tu ne peux pas gagner. C'est aussi simple que ça.

Silence. Bouleversée par son amour pour lui, Hannah sentit ses yeux s'emplir de larmes. Elle entendait la respiration lourde de Maya et crut sentir que la pression de ses mains avait imperceptiblement diminué.

– Je pourrais vous tuer tous les deux, reprit Maya d'une voix râpeuse.

Fataliste, Thierry haussa les épaules.

– Mais comment pourras-tu gagner si les gens que tu détestes le plus ne sont pas là pour assister à ta victoire ?

Cela semblait fou – mais c'était vrai. Hannah sentit l'objection frapper Maya tel un coup de javelot. Si elle ne pouvait exhiber Thierry comme un trophée, si elle ne pouvait même pas le faire souffrir, à quoi bon ? Où serait sa victoire ?

– Tu n'as qu'à interrompre le cycle maintenant, reprit Thierry. Laisse-la sortir.

Il s'exprimait avec une telle douceur, il paraissait si raisonnable et si fatigué qu'Hannah ne voyait pas comment quiconque pourrait lui résister. Pourtant ce qu'il se passa ensuite la surprit encore.

Lentement, très lentement, les mains autour de son cou se desserrèrent. Puis Maya recula.

Hannah inspira une longue goulée d'air. Elle avait envie de courir vers Thierry mais craignait de rompre ce délicat équilibre. D'ailleurs, elle flageolait toujours sur ses jambes.

Maya tournait autour d'elle tout en se rapprochant quelque peu de Thierry.

– Je t'aimais, dit-elle d'une voix étonnamment chevrotante. Tu n'as donc pas compris ?

– Parce que c'était faux. Tu ne m'as jamais aimé. Tu me désirais, avant tout parce que tu ne pouvais pas m'avoir.

Ils se mesurèrent un moment du regard. Non parce qu'ils se comprenaient trop bien mais, au contraire, parce qu'ils n'avaient rien à se dire.

Le silence se poursuivit jusqu'à ce que Maya s'effondre.

Elle ne tomba pas littéralement par terre mais cela y ressemblait. Hannah vit toute vie l'abandonner – son espérance. L'énergie qui l'avait maintenue éclatante de vitalité des milliers d'années ne provenait que de son besoin de l'emporter... et voilà qu'elle avait perdu.

Qu'elle était vaincue.

– Viens, Hannah, dit paisiblement Thierry. On y va.

Il se retourna vers le tunnel en criant :

– Dégagez le chemin. Nous sortons !

Ce fut alors que la chose se produisit.

Demeurée en arrière, immobile, la tête basse, Maya avait gardé les yeux à terre.

Ou plutôt sur son sac.

Dès que Thierry eut le dos tourné, elle fonça, tel un serpent, attrapa le pieu noir qu'elle brandit à l'horizontale en reculant le bras.

Hannah reconnut aussitôt la posture. En tant qu'Hana des Trois Rivières, elle avait constamment vu des chasseurs décocher leur lance.

– La partie est finie, marmonna Maya.

Hannah eut une fraction de seconde pour réagir – et pas le temps de réfléchir. Une seule pensée la parcourut : *Non !*

De toutes ses forces, elle fondit sur Maya, armée de son pieu.

La pointe de bois pénétra juste sous l'omoplate de Maya, lui faisant perdre l'équilibre et lâcher son arme qui tomba au sol.

Également déstabilisée, Hannah tomba en même temps que son adversaire et tout parut alors se dérouler au ralenti.

Je l'ai tuée.

Aucun triomphe dans cette pensée, juste une sorte de certitude silencieuse. Elle se retrouva par terre, un rien surprise, d'autant que Maya gisait sous elle, un pieu lui transperçant le dos.

Sur le moment, elle voulut presque porter secours à la blessée qui saignait à flots sous une pointe aiguisée comme une lame de rasoir.

Thierry la rejoignit, s'agenouilla, l'aida à s'écarter délicatement du corps de Maya, comme s'il risquait encore de représenter un danger pour elle.

Elle lui tendit la main, leurs doigts s'enlacèrent et elle y trouva un réconfort immédiat.

Alors, Thierry retourna le corps de Maya sur le côté. Ses cheveux voilaient son visage dans une cascade noire mais on apercevait encore sa peau blanche et, surtout, ses yeux grands ouverts. Et voilà qu'elle riait.

À gorge déployée.

Elle regarda Hannah et rit encore avant d'observer d'une voix étranglée :

– Finalement, tu as des tripes.

– On peut faire quelque chose pour vous ?

Mais déjà, le rire de Maya s'interrompait dans une sorte de gargouillement. Un filet de sang lui coulait au coin de la bouche. Son corps tressaillit. Son regard se fixa et elle-même s'immobilisa.

Elle est morte, et c'est moi qui l'ai tuée. J'ai tué quelqu'un.

Toute créature avait le droit de lutter pour sa vie – ou pour ceux qu'elle aimait.

– Le cycle est brisé, observa doucement Thierry.

À terre, Maya semblait toute petite, comme si elle s'était soudain ratatinée, et Hannah finit par se rendre compte que ce n'était pas une illusion. Maya, comme les vampires dans les films, se dissolvait, ses tissus fondaient, ses muscles et sa chair se flétrissaient. La main qu'Hannah voyait parut se dessécher, passant du jaune au vieux cuir tanné, tendu sur tous ses nerfs.

Finalement, il ne resta de Maya qu'un sac d'os, au sens propre du terme. Hannah ferma les yeux.

– Ça va ? lui demanda Thierry en commençant à l'examiner sous tous les angles.

Leurs regards se rencontrèrent et il reposa la question d'une tout autre façon :

– Ça va ?

Elle comprit, considéra les restes de Maya.

– Je ne suis pas fière de moi, souffla-t-elle, mais pas non plus désolée. Il fallait juste… le faire. Maintenant je refuse d'être encore une victime.

Elle avait articulé cette dernière phrase en détachant bien chaque mot.

Ils ressortirent dans l'étroit couloir désormais éclairé par toutes les lanternes que les gens de Thierry y avaient déposées, arrivèrent tout au bout, dans la salle au boyau vertical, désormais équipé d'une corde et d'une poulie.

Lupe était là, ainsi que Nilsson et le reste du groupe des agents. De même que Rashel et Quinn. *Les combattants,* se dit Hannah. Tous les interpellèrent, rirent et la tapèrent dans le dos quand elle entra avec Thierry.

– C'est fini, annonça brièvement celui-ci. Elle est morte.

Tous le regardèrent, puis Hannah, puis lui encore. Ils comprirent et les acclamèrent. Elle ne se sentait plus du tout dans la peau de Cendrillon, plutôt dans celle de Dorothy, du *Magicien d'Oz,* après avoir tué la méchante sorcière de l'Ouest.

Et elle n'aimait pas ça.

Lupe la prit par les épaules en lançant d'une voix ardente :

– Vous vous rendez compte de ce que vous avez fait ?

– Oui. Mais je n'ai plus trop envie d'y penser pour le moment.

Ce ne fut qu'après avoir été hissée à la surface qu'elle s'avisa de demander à Thierry comment il l'avait trouvée.

Ils émergeaient sur le flanc d'une colline dénuée de toute construction ou de panneau indicateur quelconque. Maya avait très bien choisi sa cellule.

– C'est l'un de ses hommes qui l'a trahie, dit Thierry. Il est arrivé à la maison à peu près en même temps que moi, ce soir, pour annoncer qu'il avait des informations à vendre. C'était un loup-garou pas très content de la façon dont elle l'avait traité.

Un loup-garou ? Au poil noir ? se demanda Hannah. Mais elle se sentait soudain trop somnolente pour poser d'autres questions.

– À la maison, monsieur ? demanda Nilsson un peu essoufflé en se précipitant vers la voiture.

Thierry le considéra en riant, aida Hannah à descendre la colline.

– C'est ça, Nilsson, à la maison.

17

– Il faut que j'appelle ma mère, dit Hannah.

– Attends peut-être qu'elle soit réveillée, suggéra Thierry. L'aube n'est pas encore levée.

Ils se trouvaient chez lui, dans l'élégante chambre aux murs doré foncé. Derrière la fenêtre, le ciel commençait tout juste à virer au gris.

Cela faisait un tel bien de se reposer, d'évacuer la tension, de sentir son corps fatigué se reposer. C'était si bon d'être vivante ! Elle avait presque l'impression de se réincarner encore, de pouvoir contempler le monde avec des yeux nouveaux. Même les plus petits réconforts – une boisson chaude, un feu dans la cheminée – s'avéraient incommensurablement précieux.

Et puis c'était si bon d'être avec lui !

Assis sur le lit, il lui tenait la main en la regardant comme s'il n'arrivait pas à croire que c'était bien elle.

Le guérisseur était passé la voir et ils se retrouvaient maintenant seuls, tranquillement installés l'un à côté de l'autre, se passant de mots pour communiquer. Ils se regardaient dans les yeux et cela leur suffisait pour se comprendre, pour se réconforter, tels deux guerriers après le combat.

Hannah se pencha pour lui effleurer les lèvres.

C'est fini, pensa-t-elle. *J'avais raison quand j'ai dit à Paul que l'apocalypse arrivait – mais c'est fini maintenant.*

Thierry vint embrasser ses cheveux sur son front puis entreprit de lui parler avec sa voix mentale. Dès qu'elle la capta, elle comprit qu'il avait une déclaration importante à lui faire.

– *Tu sais, tu as failli devenir un vampire. Tu seras malade pendant quelques jours, le temps que ton corps redevienne complètement humain.*

Elle hocha la tête sans s'écarter de lui pour le regarder. Le guérisseur lui avait déjà expliqué ça. Elle sentait que Thierry avait autre chose à lui dire.

– *Et… alors, tu as encore le choix, tu sais.*

Silence. Cette fois, Hannah se détacha de lui.

– Qu'est-ce que ça veut dire ?

Après une longue inspiration, il déclara à haute voix :

– Que tu peux encore opter pour l'état de vampire. Tu y es presque. Si tu veux, on peut opérer ta transformation.

À son tour, elle inspira longuement.

Elle n'avait pas réfléchi à cela – c'était le moment de s'y mettre. En tant que vampire, elle deviendrait immortelle ; elle pourrait rester avec Thierry jusqu'à la fin des temps, combien de milliers d'années encore ? Elle serait plus forte que n'importe quel humain, plus rapide et télépathe.

Et parfaite sur le plan physique. Involontairement, sa main se porta sur sa joue gauche, vers sa tache de naissance.

Aucun médecin ne pouvait la lui enlever. Tandis que si elle devenait vampire...

– C'est ce que tu voudrais ? demanda-t-elle à Thierry. Que je devienne un vampire ?

– Je ne veux que ce que tu veux, pourvu que ça te rende heureuse. Rien d'autre ne compte pour moi.

Elle retira sa main.

– Dans ce cas, dit-elle très doucement, si ça ne t'ennuie pas, je vais rester humaine. Je me fiche de cette tache. Elle fait partie de moi. Elle ne me rappelle rien de désagréable.

Après un instant de réflexion, elle ajouta :

– D'ailleurs, tous les humains sont imparfaits.

Les yeux de Thierry s'embuèrent de larmes. Il reprit sa main, la porta à ses lèvres, ne dit pas un mot, mais quelque chose dans son expression emplit d'amour Hannah.

Alors il l'étreignit.

Et Hannah se sentit heureuse. Si heureuse qu'elle aussi pleurait un peu.

Elle était avec son compagnon de vol – son camarade de jeu. Celui qu'elle considérait comme sacré, l'autre face du mystère de la vie à ses yeux. Celui qui serait toujours là pour elle, la soutiendrait, la protégerait, l'aiderait à se relever quand elle tomberait, écouterait ses histoires – peu importait combien de fois elle les lui raconterait. Celui qui l'aimerait même quand elle commettrait des erreurs. Qui la comprendrait sans qu'elle ait besoin de parler. Qui occuperait les profondeurs de son esprit.

Son âme sœur.

Maintenant, tout ira bien.

Soudain, ce fut comme si elle pouvait revoir le couloir du temps, mais devant elle, pas derrière.

Elle retournerait au lycée, deviendrait paléontologue. Avec Thierry, ils travailleraient au cercle de l'Aube sur les anciens pouvoirs qui refaisaient surface. Ils seraient heureux ensemble et ils aideraient le monde à traverser les changements énormes qui l'attendaient.

La tristesse quitterait les yeux de Thierry.

Ils aimeraient, découvriraient, apprendraient, exploreraient. Hannah prendrait de l'âge et Thierry continuerait de toujours l'aimer. Et puis un jour, comme tout humain, elle retournerait à la terre. Thierry la pleurerait – et attendrait son retour.

Et ils recommenceraient.

Une vie avec lui, c'était déjà beaucoup, mais Hannah sentait que bien d'autres les attendaient encore. Qu'ils auraient tant à apprendre.

Thierry se redressa ; son souffle lui effleura le front.

– J'allais oublier, murmura-t-il. Tu as dix-sept ans, aujourd'hui. Félicitations.

C'est vrai, songea-t-elle surprise. Elle regarda par la fenêtre pour mieux goûter sa stupéfaction. Le ciel virait au rose. Elle voyait l'aube de son dix-septième anniversaire – ce qui ne lui était encore jamais arrivé.

J'ai modifié ma destinée.

– Je t'aime, murmura-t-elle à Thierry.

Et ils restèrent assis, dans les bras l'un de l'autre, jusqu'à ce que la pièce s'emplisse de lumière.

IMPRIM'VERT® PEFC 10-31-1510

Imprimé en France par
Corlet imprimeur
14110 Condé-sur-Noireau
Dépôt légal : décembre 2013
N° d'impression : 160228
ISBN : 978-2-7499-1422-0
LAF 1339 C